DUELE CRECER

DUELE CRECER

JADINSON O. MONSALVE J.

Medellín, 2026

Duele Crecer
Autor: Jadinson O. Monsalve J.
Correo: jadinsonorley@gmail.com
Contacto: (+57) 3217759825
Editor: Emily Sánchez
emilysanchezmota@gmail.com

ISBN: 978-628-02-2790-0
Primera edición 2026

Hecho en Colombia

Este relato se basa en experiencias reales. Los nombres y localizaciones han sido cambiados con el fin de respetar el anonimato de sus protagonistas.

DEDICATORIA

A mis dos madres y a mis hermanos, quienes creyeron en mí, incluso cuando yo aún no sabía quién era ni hacia dónde iba. Su amor fue brújula cuando mi propósito todavía no tenía nombre.

A Emily e Isaac, mis hijos amados, mi motor de superación y mi razón de seguir, aún desde la distancia son la luz que nunca deja de alcanzarme.

A mis amigos, esos que no abandonan, esos que te dan una palmada en la espalda tan fuerte, que te reinicia la vida y te enseña a mirarla con una pasión sublime.

Cada uno supo que mi éxito empezaba justo donde terminaba mi miedo y aquí voy, abrazado de mi mejor versión para compartirla al mundo.

Pero, sobre todo, ***al dueño silencioso de esta historia.*** Él sabe quién es. Su nombre no será revelado, pero su voz permanece marcada en cada página.

Ha sido su llanto, su sufrimiento, su memoria y su valentía, un impacto absurdo para mi alma, mi motivación y mi reto personal.

Seguiré escribiendo **Duele Crecer** con lágrimas, las mismas que han mojado cada página de su vida.

Esta obra existe porque él existió primero.

AGRADECIMIENTOS

Gracias a Dios por la oportunidad que me regala una vez más para llevar un mensaje a la humanidad.

Gracias a ti lector, que tienes la valentía de adentrarte en estas páginas dejando que esta historia impacte tu vida como a mí. Gracias por darle un lugar especial a este libro en tu tiempo, en tu silencio y en tu memoria.

Gracias a Emily Sánchez, por su trabajo preciso y dedicado en la corrección, maquetación y diseño de esta novela; por entender el pulso emocional de esta obra y ayudarla a encontrar su forma final.

"Porque los libros no se escriben solos, pero sí encuentran su hogar en quienes se atreven a sentirlos"

SINÓPSIS

A Martín le arrancaron su infancia a los siete años.

Un grupo armado lo raptó de su vida sin preguntar, sin mirar el miedo en sus ojos. Desde entonces, un niño que debía jugar aprendió a sobrevivir en la selva; su vida se volvió una batalla interna para no olvidarse de sí mismo.

La señora Ana —una anciana enferma, con el cuerpo vencido pero el corazón intacto— es la única que se niega a aceptar a Martín como un desaparecido más.

Nunca llevó su sangre, pero sí su nombre tatuado en el alma. Y eso bastó para desafiar al dolor, la pobreza y a la muerte misma con tal de hallarlo.

Mientras ella caminaba con el corazón fracturado por hospitales y caminos que nadie quisiera pisar, Martín pisaba un infierno que ningún niño debería caminar. Aprendió a callar, a obedecer, a aguantar el hambre... y, aun así, descubrió una fuerza invencible en su interior: ***la de un pequeño que se rehúsa a morir olvidado.***

Duele Crecer es la historia de vidas partidas por la guerra, y unidas por amores que no entienden de sangre ni de distancia. Es el eco de un país que dejó niños atrás, perdidos en una guerra tan larga que ni siquiera tuvieron tiempo de mirar dónde habían quedado sus juguetes.

Una novela que no busca consuelo, sino que confronta la verdad. Una herida abierta que no es fácil de sanar. Un grito silencioso que se desvanece por la ignorancia de la gente.

Un libro que duele y te seguirá doliendo aun cuando cierres la última página.

NOTA AL LECTOR

Este libro contiene términos propios del habla campesina y del conflicto armado colombiano. Al final, encontrarás un glosario para ayudarte a comprender mejor el contexto.

Índice

PARTE I

EL MALDITO SECUESTRO

Capítulo 1
Todo vuelve

Martín tenía siete años... y ya había visto más despedidas que cumpleaños.

Nadie lo sabía con exactitud, pero en el pueblo decían que su madre murió con los ojos abiertos y su padre con las manos llenas de tierra. Que lo dejaron solo, sin herencia ni amparo, como un bulto flotando en el río del abandono.

Pero él seguía ahí. Vivo.

Con la frente sucia, los pies raspados y una mirada que dolía de tan despierta que estaba.

No era un niño cualquiera.

Era de esos niños que uno ve y no olvida. Porque tenía el corazón lleno de cicatrices, pero aun sonreía con el alma entera.

Porque, a pesar de todo..., todavía creía en la gente. Vivía con la señora Ana, una mujer curtida por la vida y por los rezos, quien lo cuidaba con una mezcla de ternura y mal genio. Dormían en una casita con techo de zinc, dos cuartos pequeños y un perro viejo que ladraba más al viento que a los ladrones. No sobraba nada. Pero tampoco faltaba lo esencial: sopa caliente, jabón de ceniza y una voz que le dijera "*mijo*" por las mañanas.

Martín barría la entrada cuando lo sintió. Ese aire raro. Pesado. Como si la montaña estuviera aguantando la respiración.

El palo de la escoba le tembló entre las manos. Los pájaros se callaron por un momento.

Las gallinas se habían escondido... Al igual que los perros del vecino y el de su casa.

Todo quedó en un silencio total.

Fue entonces que miró al cielo. No era azul. No era gris. Era el color de las malas noticias.

El pueblo parecía un dibujo deslavado. Las casas, dormidas. Las ventanas cerradas. Y la calle...vacía, como si alguien hubiese pasado recogiendo el alma de todos.

Martín tragó saliva, respiró hondo. Sintió que algo lo miraba desde lo alto de la montaña.

No era un hombre. No era un animal. Era un miedo con nombre... pero que nadie se atrevía a pronunciar.

Martín cerró los ojos unos segundos. Llevó la mano izquierda al brazo derecho.

Allí estaba.

Su manilla de nylon, trenzada por su padre antes de morir. Y en el centro, esa piedra amarilla y brillante que parecía un sol callado. La apretó fuerte como lo hacía siempre en sus angustias. Como si le pidiera permiso al destino.

—Gracias, papá —susurró.

Y justo ahí, desde dentro de la casa, se escuchó la voz de doña Ana, rajada y urgente:

—¡Martín! ¡Entre ya, mijo! ¡No me gusta este silencio!

Él no se movió enseguida. Se quedó mirando el filo de la montaña. Algo venía bajando. Y aunque aún no se veía, ya podía olerse, podía sentirse en la piel.

La guerra no siempre llega con disparos.

A veces primero camina en puntas de pie...y se disfraza de brisa. Una brisa cálida en apariencia, pero con veneno suspendido en el aire.

Martín apretó el palo de la escoba. Dio un paso hacia atrás. Y supo que algo estaba a punto de cambiar; que su niñez, su vida tranquila... ya no iban a durar mucho. Y que el mundo, tal como lo conocía, estaba a punto de empezar a doler en su alma, más que nunca.

Capítulo 2
La guerra detrás de la cortina

Martín dormía en la casa de la señora Ana, una señora que, con el corazón más grande que su cuerpo, le había ofrecido un rincón donde pasar unas noches. No quería verlo durmiendo por ahí en la calle, a merced del frío o de cualquier peligro.

Al siguiente día, justo a las tres de la mañana, una explosión retumbó tan fuerte que lo levantó de la cama como un resorte. El corazón se le trepó a la garganta.

Corrió por el pasillo buscando a la señora, pero se frenó en seco al verla asomada por la ventana, husmeando para ver lo que pasaba afuera.

—¿Señora Ana? ¿Qué pasa? —preguntó con la voz temblorosa.
—¡Calla, Martín! Esto está muy feo. Agáchese, venga pa' cá, escóndase detrás de mí —le dijo sin quitar la vista de la calle.

Vivían en un pueblo golpeado por la guerra. Las guerrillas y los militares se enfrentaban casi a diario. Explosiones, balaceras, vidrios rotos, gritos, sangre. Era tan común que, para Ana, a sus setenta años, ya era parte del paisaje.

Una mujer fuerte, un roble en medio del caos. Había perdido a casi toda su familia, pero seguía ahí. Sola, sí, pero con más coraje que muchos. Dedicaba sus últimos años a ayudar a quien pudiera, y Martín era uno de esos ángeles que la vida le había puesto en el camino.

Los disparos no paraban. Treinta minutos de infierno. Gritos a la distancia, un estruendo tras otro, como si el cielo se partiera en mil pedazos. Martín, hecho un ovillo, se pegó a las piernas de Ana con tanta fuerza que parecía una garrapata.

No decía mucho, solo susurraba oraciones entre dientes, pidiéndole a Dios que esa noche la guerra no tocara su puerta.

El miedo lo hacía temblar. La señora Ana podía sentirle los latidos del pecho, rápidos, desesperados. Se agachó y lo abrazó con fuerza, con esa ternura que solo una mujer que ha perdido tanto puede dar.

Martín no entendía bien lo que pasaba. Solo sabía que allá afuera la gente moría, que el cielo se iluminaba con fuego y que la maldad tenía rostro, aunque él aún no lo conociera del todo.

Un rato después, se escuchó la sirena de una ambulancia a la distancia, y luego el motor pasó rápido frente a la casa. Y de pronto, el silencio. Ni balas ni bombas. Solo llanto a lo lejos, voces desesperadas, el eco del dolor traspasando las paredes. Nadie se atrevía a salir. No se sabía si todo había terminado o si apenas comenzaba.

La señora Ana pasó su mano por la cabeza del niño y le habló con voz suave:

—Ya pasó, mi amor... vuelva a la cama. Trate de soñar algo bonito.
—Tengo miedo —dijo Martín—. No sé si pueda dormir. Ya casi amanece... solo quiero un abrazo de papá y mamá...

La voz se le quebró. Las lágrimas le bajaban por las mejillas sin permiso. La señora Ana lo abrazó muy fuerte para tranquilizarlo un poco. Pero por dentro estaba rota. Esas palabras le partieron el alma.

Pensaba en lo injusta que había sido la vida con ese niño. También ella lloraba, en silencio, fundida con él en ese abrazo que parecía no querer soltarse nunca.

Martín apenas tenía siete años. Estaba delgado, frágil. Ana pudo cargarlo sin esfuerzo. Lo llevó hasta la cama, lo cobijó con ternura y se quedó mirándolo un momento.

Cuando cruzó la puerta para salir, se detuvo, cerró despacio y suspiró:

—Mi pobre niño...

Ya la madrugada se iba. La señora Ana, con el corazón apretado y la cabeza a punto de estallar, caminó hacia su cuarto. Creía que lo peor ya había pasado.

Lo que no sabía... era que lo peor apenas venía.

Capítulo 3
La bici, la mochila y el sueño

—*¡Martín! ¡Martííííín!* —gritaba la señora Ana desde la cocina—. ¡Se te enfría el desayuno, mijo, muévase que se hace tarde!

—¡Ya va, doña Ana! ¡Deme un minutito, por favor! —respondió el niño, mientras jugaba con el agua y el jabón en la ducha. Bailaba y cantaba alguna canción que le había enseñado su madre en algún lugar.

A Martín le encantaba bañarse jugando y moviendo el bote.

Era su momento de diversión, su pequeño lujo diario. Y claro, un grito desde la cocina no bastaba para sacarlo de ahí.

—¡Martín, por Dios! —volvió a llamarlo, esta vez más fuerte, ya sin tanta paciencia.

Ella sabía que don Olimpo, el dueño del granero, no era precisamente el hombre más amable del pueblo. Gruñón, impaciente, medio cascarrabias... y podía armar un escándalo si el niño llegaba tarde.

—¡Ya voy, ya voy! —dijo Martín, saliendo de prisa del baño mientras se vestía al paso.

Se puso su camiseta tipo polo, que alguna vez fue blanca, pero ya tenía el color de las batallas diarias. Era una de las tres que llevaba siempre en su mochila viajera. La acompañaba con unos jeans mocho azul y unas botas negras gastadas, con las puntas rotas al punto de que ya tenían *"ventilación natural"*.

Pero él, con su humildad a cuestas, caminaba feliz por donde iba como si llevara el mejor traje del mundo. Claro, se lo había cosido su mamita tiempo atrás y para él, no existía uno mejor.

—Doña Ana, ya llegué. Perdón por hacerla esperar —dijo él con esa sonrisa tierna que siempre lo caracterizaba.
—Siéntese, carajo, que se le enfría el desayuno —dijo con una sonrisa mientras señalaba la mesa.
—¿No se va a sentar conmigo?
—Claro que sí, hijo. Ya me sirvo y me siento —le respondió, mientras llenaba su plato.

Al rato, ya frente a frente, lo miró con ternura.

—¿Pudiste descansar algo después de lo que pasó anoche?
—Sí, señora —respondió Martín—. Hasta soñé con mi mami... soñé que estaba con ella. Era un lugar inmenso, lleno de árboles y sábanas blancas colgadas, como cuando usted cuelga la ropa en

el patio... pero allá todo era bonito. De entre las sábanas salió ella, con un vestido blanco que alumbraba todo el lugar, me abrazó fuerte... y me decía al oído: "*Mi pequeñito, nunca te dejaré, siempre te tendré en mis brazos. Te cuidaré, como desde que supe que estabas dentro de mí*".

A Martín se le quebró la voz. Una lágrima rodó por su mejilla mientras trataba de terminar la historia. La señora Ana lo miraba en silencio, con el corazón hecho trizas. Quiso decirle algo, pero no le salieron palabras. Solo alcanzó a susurrar:

—Termine de comer, mi niño...

Martín se levantó rápido, empacó en su mochila una coquita con comida que la señora Ana le preparaba con cariño, un tarro de agua de panela y un dulce para la tarde.

—Doña Ana, nos vemos más tarde.

—Claro que sí, mi amor. ¡Mucho cuidado al cruzar la calle!

Le dio un fuerte abrazo, lo besó en la mejilla y lo acompañó hasta la puerta.

—¡Mi bicicleta! ¡Casi la olvido!
—Ya te la traigo, mijo.

La señora Ana fue al patio y volvió con la bicicleta que Martín había dejado el día anterior después de jugar largo rato.

—Aquí está, jovencito. Maneje con cuidado. Yo sé que usted es un experto, pero igual... ojo con el peligro de la calle.

Martín montaba siempre por la acera. Era pequeño, pero muy vivo. Sabía que, si se salía mucho, un carro, una moto o una bestia podían embestirlo de frente.

Su papá le había enseñado eso, dos años atrás, cuando aún estaba vivo y le dedicaba una hora cada tarde para enseñarle a montar su bici.

Tenía que recorrer tres cuadras y media hasta el granero de don Olimpo, en el centro del pueblo. A medida que avanzaba, empezó a notar los hoyos en las paredes de las casas. Impactos de ojivas, pedazos de muro caídos... las secuelas del tiroteo de la madrugada.

La guerra había golpeado de nuevo, y al parecer, esta vez había sido justo en el corazón del pueblo.

Capítulo 4
Vidrios, sudor y sueños rotos

—¡Buenos días, don Olimpo! —dijo Martín, mientras entraba al granero.

El viejo estaba agachado recogiendo vidrios rotos de una vitrina. Había encontrado el desastre al abrir el local esa mañana.

—¿Por qué se queda ahí parado, mijo? Ayúdeme, que esto está vuelto mierda. Tráigame el recogedor y una bolsa, a ver si limpiamos esta vaina.

Martín saltó de la bicicleta y la dejó en la entrada. Salió corriendo a buscar lo que el hombre le pidió. Sabía que en ese lugar no se hablaba mucho, no se discutía, solo se obedecía.

—Aquí está, señor. ¿Qué fue lo que pasó?
—No preguntés tanto, abra esa bolsa... Mire este desastre.

Mientras recogía los vidrios, don Olimpo murmuraba cosas entre dientes que Martín no alcanzaba a entender.

—Algún día me largo de este maldito pueblo...

El niño escuchaba, pero no decía nada. Sabía que el viejo siempre se estaba quejando por todo, y que lo mejor era no darle cuerda.

—Martín, apenas termine con esos vidrios, vaya a la parte de atrás. Le dejé tres bultos de papa. Usted ya sabe cómo me gusta: nada de papa dañada.

Sepáreme lo bueno en costales; gruesa, por un lado, delgada por otro.

—Sí, señor.

Don Olimpo era duro. Gruñón, seco, con mal genio para regalar. No le gustaba que el niño se tomara ni un segundo para descansar. Si lo veía con la mirada perdida, ya le estaba encima: que se apurara, que no se hiciera el bobo, que aquí nadie vino a rascarse las güevas. Así viera al muchacho empapado en sudor, no le importaba.

Para Martín, todo eso era parte del precio. Sabía por qué estaba allí. El poco dinero que le pagaban lo ahorraba con cuidado. Tenía una misión: *encontrar a su hermano mayor.*

Aquel hermano que un día salió para el colegio y nunca regresó.

Desde entonces, la familia se había deshecho buscando respuestas.

Su papá y su mamá lo buscaron sin descanso, hasta enfermarse. Martín apenas tenía cuatro años cuando pasó todo. No entendía mucho en ese entonces, pero ahora, con siete, ya había visto lo suficiente como para armar el rompecabezas y seguir en búsqueda de su propósito.

Estaba seguro de que su hermano estaba vivo, en alguna parte del mundo.

Y por eso aguantaba.

Por eso se tragaba los regaños, los abusos, el cansancio.

Tenía un norte. Y nada ni nadie se lo iba a quitar.

Capítulo 5
La última mirada

Siendo las diez y media de la mañana, se escuchó una Toyota Land Cruiser modelo viejo con todos sus vidrios polarizados estacionarse frente al granero. Apenas don Olimpo la vio, corrió a bajar la persiana del granero, asustado, pálido, demasiado preocupado.

En su intento por cerrar la persiana, una bota pantanera le trabó el pie debajo. Don Olimpo hacía fuerza para cerrarla, pero vio cómo cuatro manos, además de la bota, levantaban la persiana a la brava.

Don Olimpo sabía quién había llegado.

—¡Olimpo, hijueputa! —le gritó el tipo que puso la bota—. ¿Me va a cerrar la puerta en la jeta?

Este hombre tenía la cara de matón, igual que sus compinches. De mala apariencia, con botas de caucho, jeans azules desteñidos, camisa de botones amarillenta, sombrero, poncho y un machete en la cintura. Llevaba un revólver empotrado en su cintura. Su barba era espesa, su nariz grande y sus ojos endiablados. Además, en sus manos sostenía una navaja que pasaba suavemente por el cuello de don Olimpo mientras caminaba lentamente alrededor de él. Al frente, uno de sus secuaces, y el otro afuera, vigilando que nadie se acercara.

—Entonces ¿qué, malparido? —escupió el matón—. ¿No me va a pagar o qué?

—¡Calma, señor! —balbuceó don Olimpo, nervioso—. Yo... yo... sí le voy a pagar, no cometa una barbarie, por favor... tengo familia.

El hombre pasó detrás de don Olimpo y con la cacha de la navaja le dio un golpe tan fuerte en la cabeza que lo dejó arrodillado. Don Olimpo ahora se veía con las manos arriba, intentando protegerse de otro golpe y rogando por su vida.

—Ya estuvo hijueputa —dijo el matón con una carcajada profunda, mirando a sus camaradas—. Oigan a este güevón, disque rogándome como si yo le debiera algo.

Soltó otra carcajada y, al voltear, lo golpeó nuevamente con un puñetazo certero en la cara, dejándolo en el suelo, casi llorando de dolor.

Martín, envuelto en sus pensamientos, ni siquiera se había percatado de lo que ocurría afuera. Estaba tan enfocado en terminar los tres costales de papa que tenía como tarea, que ignoraba todo lo que sucedía. Estaba completamente desconectado del sufrimiento de don Olimpo.

De repente, Martín mete la última papa del primer bulto y, con una sonrisa de satisfacción, sale corriendo para avisarle al señor que ya había terminado.

—¡Señor Olimpo! —gritó con entusiasmo.

Pero se detuvo en seco cuando vio al hombre tendido en el piso, con los ojos abiertos y el rostro marcado por el sufrimiento.

Don Olimpo levantó la vista hacia él, pero solo pudo ver cómo el matón se acercaba rápidamente hacia Martín. Lo agarró del cuello y lo arrastró hacia donde estaba don Olimpo.

—¿Así que tiene un hijo, o qué? —dijo el matón con una sonrisa burlona—. Qué coincidencia. Usted, tan viejo y acabado, y este niño de cara bonita al lado suyo. —¿Ese es su futuro? —continuó, mirando a Martín con desprecio—. Porque el presente suyo es una mierda. Ni pa' pagarme tenés.

Sin más, el matón empujó a Martín al suelo junto a don Olimpo, con tal brusquedad que el niño cayó de lado, lastimándose el hombro. Enseguida, las lágrimas comenzaron a brotarle.

La violencia no solo le había arrancado la paz, sino también la esperanza de que algún día todo esto terminara.

—¿No me va a pagar, hijueputa? —gritó el matón, mientras lo tomaba de una oreja, levantándolo y presionando su cabeza contra el mostrador con el revólver en la sien. —¿Entonces qué? ¿Lo arreglamos a plomo o qué? —dijo, su voz llena de ira y burla—. Hable, o le meto un pepazo malparido.

Luego, el matón miró a Martín, que lloraba con desesperación. Apuntó hacia él con el revólver y dijo:

—Mírelo, ahí, llorando como niña. ¿Quiere que lo quiebre también o qué?

—¡Con el niño no! —rogó don Olimpo, con voz temblorosa, desesperado—. No te metas con él, te lo ruego.

El matón, sin inmutarse, mantenía su actitud despiadada. Con el revólver en una mano y la navaja en la otra, se preparaba para tomar una decisión irreversible.

—Este tipo ya no tiene nada que darme —dijo en tono frío, mientras las palabras llenaban el granero de tensión y miedo—. ¿Qué me va a ofrecer, un abrazo?

—¡Yo le pagaré, de verdad! —suplicó don Olimpo—. ¡Deme una semana, solo una semana! No hay ventas con la violencia que hay en este maldito pueblo, por favor.

—¿Cree que yo vine aquí a perder el tiempo, malparido? —dijo el matón, con una risa burlona que retumbaba en la habitación.

Luego, con un gesto de desprecio, el matón se dirigió a Martín.

—El culicagado se va conmigo. Puede que se lo regrese vivo en una semana... o tal vez en un costal.

—¡No! —gritó Martín entre sollozos—. ¡No, no, por favor, no me haga daño!

Pero el matón no tenía piedad. Con una fuerza brutal, lo levantó de un tirón y lo arrastró hacia la puerta. Martín intentó aferrarse al marco de la persiana con todas sus fuerzas, gritaba desesperado, pero era inútil.

Lo empujaron fuera, y el niño fue lanzado al asiento trasero de la camioneta, lo amordazaron para evitar que su lamento se escuchara más en la calle.

Y desde la vitrina, don Olimpo pudo ver la escena.

Impotente, mientras su corazón se rompía en mil pedazos al ver cómo el niño, con ojos llenos de desesperanza y por culpa de él, lo miró por última vez con sus ojitos encharcados, tristes y un gesto de desilusión abismal.

En ese momento, don Olimpo comprendió que ya no podía hacer nada.

—Una semana, Olimpo. Ni un día más —dijo el matón, antes de dar la orden de arrancar.

La camioneta se alejó, llevándose a Martín, y don Olimpo, destrozado, se desplomó en el suelo, abrazándose la cabeza entre las manos, llorando como un niño. Y lo último que hizo fue pararse y desde la persiana, observar cómo el vehículo se desvanecía en la distancia, sabiendo que no podía cambiar el destino de Martín jamás.

Capítulo 6
Contrarreloj al Pantano

Eran las cinco y media de la tarde. La señora Ana ya comenzaba a preocuparse. Martín no había llegado como de costumbre. A veces se demoraba unos minutos después de las cinco, eso sí, por quedarse charlando con algún vecinito antes de tocar la puerta de su casa.

Don Olimpo, por su parte, no había dicho nada. Con el susto tan verraco que se llevó ese día, desde que la camioneta se fue, decidió cerrar el granero y marcharse a su casa, sin pasar siquiera por el billar, como era su costumbre.

Cinco y cuarenta. La señora Ana no aguantó más. Agarró sus llaves y salió de la casa casi corriendo. Tenía la esperanza de que el niño simplemente se hubiera quedado ocupado con alguna tarea más larga de lo habitual.

No era que la señora Ana pudiera correr demasiado a su edad, pero caminaba a paso firme, con el corazón acelerado, como si eso pudiera ganarle a la angustia.

En el camino pasó por las casas donde vivían los amiguitos de Martín, preguntando por él. Nadie sabía nada. Solo le decían que lo habían visto en la mañana, montado en su bicicleta, rumbo al granero.

—¡Olimpo! ¡Olimpo! —gritó golpeando con fuerza la persiana del local.

Silencio.

Se asomó por la ventana que daba al cuarto donde Martín solía escoger la papa. Nada. Golpeó el vidrio, llamando otra vez. Nadie. Ni una sombra.

Solo la angustia comenzaba a hacer nido en su pecho.

—Dios mío... ¿Dónde estarán? —susurró, mirando a su alrededor.

El pueblo estaba desierto, como si se hubiera tragado a todos. Las calles vacías, el aire quieto, como si nadie se atreviera a salir tras lo ocurrido en la mañana. Todos encerrados, temiendo que otro estallido de violencia los alcanzara.

La señora Ana sabía que don Olimpo no vivía cerca. Solo un hermano suyo, Juan, tenía la dirección de su casa. Sin perder tiempo, se dirigió a buscarlo.

Justo cuando llegó, don Juan estaba saliendo por la puerta.

—¡Don Juan! ¿Cómo está? ¿Sabes algo de Olimpo? El granero está cerrado...

—Doña Ana, no sé nada. Hace días quería hablar con él, pero no hemos coincidido. ¿Qué pasó?

—El niño que tengo en casa, Martín... Está trabajando con él, y no ha regresado. Fui al granero y está todo cerrado. Nadie sabe nada.

—¿El chiquito? No, no lo he visto. Y Olimpo... ¿No estará en el billar?

—Pasé por allá. También está cerrado.

—Debe haber ido directo a casa. ¿Sabe cómo llegar?

—No, por eso vine a buscarlo. Por favor, regáleme la dirección. No quiero que me coja la noche.

—Mira, cógete un chivero con destino a la vereda El Pantano. Pides que te bajen en la escuelita vieja. Justo allí hay una "Y" en el camino. Te metés por la derecha, y es la quinta casa. Tiene una reja negra en la entrada.

—Gracias, don Juan. Chao.

—Dios la acompañe, doña Ana.

Eran casi las seis de la tarde. La señora Ana apuraba el paso rumbo a la parada. Con el corazón palpitando a toda fuerza, alcanzó a ver el último chivero saliendo. Iba casi vacío. Desde la distancia gritó:

—¡Señor! ¡Señor, pare, por favor!

El conductor no la oyó, pero el único pasajero le avisó que alguien venía corriendo. Frenó justo a tiempo.

—¡Pepe! Qué sorpresa... Pensé que aún trabajaba en el mercado. ¿Va para El Pantano?
—Sí, señora. Pero la cosa está caliente. Cualquiera de esos manes armados puede salir en el camino. No es fácil.
—No me importa, Pepe. Necesito ver a Olimpo con urgencia. Lléveme, por favor.
—Súbase pronto, doña Ana. Que la noche ya nos está respirando en la nuca...

Capítulo 7
El pan de las ratas

¿Quién iba a pensar que el niño no la estaba pasando nada bien donde estaba? La señora Ana no tenía ni idea. Aquellos hombres que se lo habían llevado no eran personas, eran bestias.

Monstruos sin alma, animales salvajes que no median sus actos ni sabían lo que era la compasión.

Martín estaba encerrado en una habitación fría y oscura. Sentado con sus bracitos en las rodillas, tenía la mirada perdida y seca de lágrimas.

Ya había llorado tanto que no le quedaba ni una sola gota en los ojos. El piso era rústico, helado, húmedo. A su lado había una cama tubular vieja, desgastada, con un colchón de rayas manchado, sucio, sin sábanas. Las únicas compañías que tenía eran las ratas, que pasaban relajadas y roían las esquinas del colchón con hambre.

Era un cuarto sin ventanas, sin una rendija de luz. Solo una puerta de madera, con una gran cadena oxidada y un candado que aseguraban que nadie entrara..., sobre todo, que él no saliera.

Desde afuera se escuchaban carcajadas. Olía a cigarrillo, orines viejos y guarapo fermentado. Los hombres reían, hacían apuestas, hablaban de lo poco que faltaba para el plazo que le habían dado a don Olimpo. Estaban en una casa abandonada, metida en el corazón de la selva. Una selva que Martín jamás había visto en su vida. Habían llegado por un camino destapado, largo, lleno de barro y piedras.

Un camino que no cruzaba nadie a pie, solo bestias o camionetas doble tracción como esa donde lo habían subido a la fuerza.

De repente, el sonido del candado al abrirse le heló el cuerpo. Luego, la cadena. El rechinar de la puerta.

—Mire, pelao, ahí tiene. ¡Trague! —le dijo uno de los hombres con voz ronca, dejándole en el suelo un plato de acero pelado por el óxido y el tiempo. Tenía un solo pan. Al lado, un vaso plástico con menos de la mitad de agua.

Martín no dijo nada. Solo lo miró con ojos tristes, llenos de rabia. El hombre salió sin más, volvió a poner la cadena y cerró con el candado.

Con ansiedad, casi desesperado, el niño tomó el pan en sus manitas y empezó a comer. Parecía un pajarito herido, perdido. No había almorzado.

Su coquita, la que le había empacado la señora Ana, se había quedado en la mochila, en el granero, olvidada en medio del caos. Ahora tenía el estómago rugiendo, vacío y el corazón roto.

Mordía lento, como si cada pedazo doliera. No sabía cuántas horas llevaba allí, pero sentía que era una eternidad.

El silencio era espeso. Solo el crujir del pan en su boca, el ruido lejano de los grillos, el chillido de las ratas y el miedo, ese que no se escuchaba, pero se sentía.

Entonces, bajó la mirada y pensó, mientras se abrazaba a sí mismo en el rincón más oscuro del cuarto:

"No entiendo por qué vivo todo esto... Yo solo quería ayudar, trabajar y ahorrar para encontrar a mi hermanito. ¿Será que saldré vivo de aquí? Tengo miedo, pero no quiero que me vean así... Mi mamá decía que hasta en la oscuridad uno puede encontrar una lucecita. Tal vez yo soy esa luz. Tal vez, si pienso bien, si no me rindo... puedo salir de aquí. Y si salgo... nadie más me va a volver a encerrar."

Capítulo 8
El último chivero

Después de una hora y media de camino, zarandeada por los baches de la carretera, la señora Ana sintió cómo sus fuerzas se agotaban. Las lágrimas, que caían silenciosas sobre su rostro, ya no parecían tener fin. Sabía, muy en el fondo de su corazón, que algo no estaba bien. Era incomprensible que el pequeño que había estado bajo su cuidado durante esos días hubiera desaparecido sin dejar rastro. A medida que avanzaba, su mente se llenaba de pensamientos caóticos, impidiéndole encontrar claridad.

La angustia se reflejaba en su rostro, una expresión de miedo que nunca había sido tan palpable en su vida.

—Ay, mi Martín... mi Martín... ¿dónde carajos estás? —susurró, incapaz de contener la desesperación.

El chivero, el transporte que la llevaba, avanzaba lento, sin prisa, pero para ella el tiempo parecía estirarse hasta volverse interminable. Finalmente, llegó a la "Y" en el camino y, con una rapidez que delataba su ansiedad, le pidió al conductor que la dejara.

—Señora, la he visto tan preocupada... no se preocupe por el pasaje. —El hombre la miró con compasión, y ella, con un gesto agradecido, descendió del vehículo.

—Gracias, Pepe. Que Dios lo acompañe.

La señora Ana, ya sin fuerzas, comenzó a caminar por el sendero indicado. Repitió en su mente las palabras que don Juan le había dicho: "*Quinta casa, reja negra*", como un mantra, como si decirlas le diera fuerza. Sus pasos eran rápidos, pero su corazón latía tan fuerte que sentía que se le iba a salir del pecho.

Al llegar a la quinta casa, vio la reja negra, pero algo en ella la detuvo. Las puertas estaban cerradas, no había luces encendidas. Nadie parecía estar en casa, y un aire de vacío se cernía sobre el lugar.

Golpeó con fuerza. Llamó una y otra vez. Nada. El silencio era como una sentencia.

Entonces, desde la casa del frente, la voz de una vecina que la escuchó desde su cocina, le llegó como un eco lejano.

—¡Señora! ¡Señora, allí no hay nadie!

La señora Ana se giró y vio a la mujer, una conocida de don Olimpo, quien salía al patio con una bata encima.

—¿Qué pasa? ¿Ha visto un tal Olimpo por casualidad?

—Sí, señora. Lo vi. Llegó cerca del mediodía, luego salió con unas maletas y se fue con su mujer. Cogieron el primer chivero al pueblo. No dijo ni pío.

—*¡Noooooo!* —La señora Ana gritó, su voz temblorosa de miedo y angustia. Se llevó las manos a la cabeza, como si pudiera controlar la tormenta de emociones que la arrastraba. —¿Lo vio con un niño? —preguntó entre sollozos—. ¿Un niño de unos siete años, con pantalones cortos azules y una camiseta tipo polo?

—No, señora. Él venía solo. Pero se le notaba apurado, como si lo estuvieran persiguiendo, como si hubiera visto al mismo diablo.

—Gracias... —La señora Ana murmuró, casi sin aliento, y salió de allí, desorientada, perdida. No sabía qué hacer ni a dónde ir.

Con el corazón en un puño, comenzó a caminar de regreso hacia el punto del transporte. Sin darse cuenta, el tiempo había volado, y cuando llegó, vio que el último chivero ya había partido. Se quedó allí, inmóvil, en el paradero, mirando cómo se desvanecía su única esperanza de regresar al pueblo. Su cuerpo se desplomó en el banco, sin fuerzas, mientras las lágrimas caían sin cesar.

—Señor... por favor... ¿pa' dónde va? —preguntó, casi sin poder articular las palabras.

Un hombre montado en una mula, llevando otra a la cuerda, la miró y detuvo su paso. Era un campesino, de los pocos que quedaban en la zona.

—Voy pa'l rancho, señora. Vengo de la parcela —respondió con una sonrisa amable que intentaba tranquilizarla.

—Por favor... —dijo la señora Ana, tomándole el brazo, casi suplicándole—. Es de vida o muerte. Mi niño ha desaparecido y la única pista me trajo hasta aquí, pero no encontré nada. Ya no tengo transporte, y se está metiendo la noche. ¡Lléveme, por favor! Le pago cuando lleguemos al pueblo.

El hombre frunció el ceño, visiblemente preocupado por la situación. Miró el cielo. La noche se estaba tragando el camino.

—Señora, ya está muy tarde... Esto por acá no es seguro. Hay cosas feas por estos lados.

En ese instante, el peso de la angustia se hizo insoportable. La señora Ana cayó de rodillas, entre las piedras y el pantano del camino, incapaz de controlar el llanto.

—*¡Noooooo, mi niño! ¿Cómo te encuentro?* —gritó, su voz quebrada por el dolor.

El hombre, al ver su desesperación, bajó de la mula con rapidez y la levantó del suelo. La abrazó con gentileza, intentando calmarla.

—Vamos, señora, no se quede aquí tirada. No se haga daño. Venga conmigo. En la casa hay fuego, hay aguapanelita. Allá hablamos con calma.

La señora Ana, agotada pero aún con una chispa de esperanza, se levantó con su ayuda.

—Gracias... Muchas gracias —murmuró, con la voz temblorosa.

—Mucho gusto, me llamo Ovidio —dijo él, extendiéndole la mano mientras la ayudaba a subir a la mula.

—Yo soy Ana —respondió ella, aún sin poder controlar el llanto.

Juntos, emprendieron el camino de regreso. Un viaje que para la señora Ana se sintió eterno. A pesar de la desesperación, sabía que no podía rendirse. No ahora.

Capítulo 9
Voces que no oyen

Martín, temblando del frío, acurrucado en posición fetal, yacía en el piso rústico y húmedo de aquel cuarto oscuro. Se había quedado dormido, no por comodidad —que no la había—, sino por puro agotamiento. Como cualquier niño de su edad, el cuerpo se le apagó solo, como si necesitara un mínimo descanso para seguir resistiendo.

Pero no duró mucho.

Un estruendo de pasos lo despertó de golpe. Se oían botas pisando fuerte, varias, muchas.

Voces roncas, insultos, órdenes cortadas, carcajadas... y un olor más fuerte aún a cigarrillo barato, sudor seco y aguardiente. Ya no eran solo los tres malos que lo habían traído. Parecía un frente entero.

Martín se incorporó como pudo, con los ojitos lagañosos aún, y fue a poner la oreja contra la puerta. A dos metros alcanzaba a oír cómo el hombre al que había escuchado antes —alias Machete— le daba cuentas a alguien más: un tal alias Mincho, que, por el tono, parecía ser el jefe de todos.

El niño no entendía mucho de lo que hablaban. Mencionaban pagos, nombres de personas que no conocía, cosas que sonaban a amenazas. Pero algo sí reconoció, y fue suficiente para que el corazón se le pusiera como una mariposa atrapada en una jaula.

—Ahí está el pelao, en la habitación —dijo Machete—. Usted me dice, comandante, qué hacemos con él.

El niño retrocedió rápidamente. Se pegó a la pared de la esquina, acurrucado de nuevo, abrazando sus rodillas, con los dientes temblando.

Lágrimas silenciosas le bajaban por las mejillas. No lloraba con escándalo... lloraba callado, con miedo de que, al oírlo, le abrieran esa puerta.

Y entonces escuchó la voz de Mincho, más áspera que todas.

—Machete, ese tipo que no pagó ya debe estar volado. Si usted no le dio piso, mínimo se nos fue. ¡Aprenda, pues, güevón! A esa gente hay que darle de baja de una, arrasar con lo que tengan. Así es que se mantiene la línea. ¡No va a aprender nunca, hijueputa! Tráigase al niño.

Martín tragó seco.

—Nos sirve pa' algo —continuó Mincho—. Allá en el campamento hay varios. Que barra, que limpie letrinas, o que cave huecos... aunque sea su propia tumba. ¡Y no quiero más misericordia suya, Machete! Porque al que quiebro es a usted. ¡Arranque pues güevón, tráigalo, que nos vamos ya!
—Como ordene, comandante.
—¡Escápula! ¡Aliste la gente, que salimos ya mismo!
El grito resonó en la casa. Alias Mincho tenía una voz de mando que buscaba imponerse sobre todos, como si necesitara que el mundo entero supiera que él era el que mandaba.

Si Machete y sus dos secuaces —Nene y Mohicano— ya eran el retrato del mal, Mincho era otra cosa. Una risa podrida, un ego como plaga, y una sangre fría que helaba el aire. Este era de lo peor.

Martín seguía allí, en la oscuridad, con la espalda contra la pared y el corazón latiéndole a mil. Quería gritar. Quería que lo escucharan y lo salvaran. Pero nadie vino.

Entonces cerró los ojos, y en silencio, pensó algo que ni él mismo sabía que podía pensar:

—"Si nadie me cuida... entonces yo me voy a cuidar solito. No voy a dejar que me hagan daño. No voy a dejar que me pongan triste pa' siempre. Yo voy a salir de aquí... aunque sea solo con mis pensamientos, pero con mi corazón latiendo fuerte y vivo como nunca"

Y en medio del miedo, en medio de la oscuridad y del frío... esa idea se le quedó clavada como una semilla a punto de germinar.

Ya no era el mismo niño que había llorado por su coquita olvidada. Algo nuevo acababa de nacer en él que era más poderoso que el mismo ejército que estaba allí afuera.

Capítulo 10
Camino de sombras

Suenan las llaves por el pasillo. El eco metálico rebota en las paredes húmedas mientras los pasos firmes de Machete se acercan. Martín, encerrado aún, llora con una intensidad que desgarra. Aprieta la mandíbula como si pudiera romper sus propios dientes. El candado se abre, la cadena se desliza. La puerta cede con un chirrido.

—Niño, salga que nos vamos —gruñe Machete, sin una pizca de compasión.

—No... nooooo, no me quiero ir... —solloza Martín.

Su voz, tan tierna y frágil, se rompe con cada palabra. Tiembla, deshecho en llanto.

—Es una orden, pelao. ¡Salga! ¿O lo saco a la fuerza?

Al ver que Martín no reacciona, Machete se acerca, lo toma con fuerza por la camiseta, justo por detrás del cuello, y lo arrastra hacia fuera sin mayor esfuerzo. Era solo un niño. No necesitaba hacer demasiado para moverlo.

Mira de lado a lado del pasillo buscando a alguien. Nené estaba cerca.

—Nené, hágase cargo de este pelao. Amárrelo bien, que no se nos vaya a soltar. Y con esa misma soga se lo entrega al comandante, ¿está claro?

—Sí, comandante.

—¡Mueva el culo, que la gente ya está lista pa' salir!

Nené asiente y, sin perder tiempo, ata las manos del niño.

La cuerda áspera le raspa la piel a Martín, pero él apenas parpadea. Ya no llora. Solo mira al suelo con los ojos enrojecidos. Luego, Nené camina con él hasta el final del corredor, donde lo espera el comandante.

—Comandante, aquí le tengo al pelao, como lo pidió.
—¿Quedó bien amarrado, Nené? No quiero maricadas.
—Sí, comandante, como usted ordenó.
—Llámese a Burbuja, que está afuera. Dígale que le tengo un encargo. ¡Rápido!
—Ya mismo.

Nené corre como un rayo. Al encontrar a Burbuja a pocos metros, se le detiene un momento la respiración. En el pasado, fueron compañeros de comisión. Su rostro era inconfundible: una cicatriz larga le cruzaba la mejilla izquierda. Un recuerdo de una pelea a punta de machete, dicen.

—¡Burbuja!

Burbuja se encuentra de espaldas, fumando. Al escuchar su nombre, voltea lentamente. La mirada turbia y fría, como si el tiempo le hubiera congelado el alma. El humo del cigarro se mezcla con la bruma del amanecer.

—Camarada, lo reconocí desde lejos...

Burbuja no responde. Solo lo observa e inhala profundamente.

—El comandante lo necesita, y ya. Usted sabe cómo se pone ese man si lo hacen esperar.
—Ale, —responde seco, dejando caer el cigarro.

Sin perder más tiempo, Burbuja se dirige a la casa. Camina rápido. Sabía que Mincho no toleraba que nadie se le acercara echando humo. Era una regla estúpida, pero todos la cumplían.

—¿Qué ordena, comandante? —pregunta al llegar frente a Mincho.

Mincho lo observa con esa cara de desprecio que le era natural, como si el mundo entero le debiera obediencia.

—Uno más. Lo amarra con esa soga a su cintura y no se le despega, ¿me entendió? Usted sabe cómo es la vuelta con estos pelaos. Y si se pone jodido, me avisa... que yo me encargo de hacerlo entrar en razón. ¡Arranque güevón, que nos vamos! —Parecía su dicho preferido.

Burbuja asiente. No discute. Recibe la cuerda y se aproxima al niño.

Martín, con los ojos hinchados y el rostro sucio de tanto llorar, apenas reacciona. Ya no tenía fuerza para resistirse. Pero adentro, muy adentro, una llama se mantenía encendida.

Tal vez era la fe, o ese recuerdo de la señora Ana orando de rodillas por él casi todos los días.

Burbuja se agacha frente a él, dejando el fusil recostado de culata contra un estantillo del corredor.

—¿Cómo te llamas, niño? —pregunta mientras revisa el nudo.

Martín lo mira con desconfianza. Hasta ese momento, nadie le había preguntado su nombre. Había decidido no decirlo jamás. En su mente, creía que, si algún día lograba escapar, no podían rastrearlo por eso.

—Me llamo... Dani —responde finalmente, en un murmullo casi inaudible.

—¿Qué dijo?

—Me llamo Dani.

—Bueno, Dani, te voy a amarrar esta soga a mi cintura. Vas pegado detrás de mí. No hablas, no lloras, no preguntas. Solo haces lo que yo diga, ¿me oíste?

—Sí —dice Martín, bajando la mirada, incómodo de ir amarrado como un animal.

Mientras ajusta la cuerda a su cintura, Burbuja nota que uno de los cordones está suelto. Se arrodilla de nuevo para amarrarlo y ve algo más, las botas del niño tienen un hueco grande en cada punta, tanto que dejan ver los dedos. Y una de las suelas casi suelta.

Burbuja lo mira, en silencio. Luego suelta una risa seca, la única en días.

—Bueno, Dani. Nos vamos. Es un buen tramo, pero sé que sos fuerte. Y esas botas... van a aguantar lo que puedan.

Martín no responde. Solo aprieta los labios.

—¿Tiene hambre?

—Sí... un poco.

Burbuja mete la mano en el bolsillo de su guerrera y saca un chocolate en empaque plástico. Estaba aplastado y medio derretido.

—Tome. Cómaselo antes que nos agarre la marcha.

Martín lo agarra con duda. Mira a Burbuja, luego al chocolate. El hambre ya podía más que la desconfianza. Empieza a comer mientras Burbuja tira de la cuerda.

Así llegaron al punto de encuentro, un cruce en la selva donde se reunía toda la columna. Era de noche. El aire era húmedo, denso. La selva se cerraba sobre ellos como un puño oscuro.

Martín, con su camiseta polo manchada y los shorts que se había puesto en la mañana, tiritaba de frío, pero no decía nada.

Solo caminaba detrás de Burbuja, atado, con los pies heridos y los ojos en el suelo.

Pero su mente... su mente ya no era la de un niño cualquiera. Ya estaba aprendiendo a sobrevivir más que todos ellos.

Capítulo 11
Corazón en el baúl

—Señora Ana, entre, bien pueda —dijo Blanca mientras abría la puerta.

—Mija, buenas noches, llegué y traje compañía. La señora Ana vive en el pueblo y está por acá buscando a su hijo.

—Buenas noches, mijo. Pase, señora Ana, bienvenida. Tome asiento ahí en esas poltronas viejas, por favor.

—Muchas gracias —respondió la señora Ana con una voz cansada, pero educada. Se notaba en su mirada el peso de la urgencia, pero se sentó y recorrió la casa con los ojos.

Era humilde, sencilla, parecida a la suya.

—Tome, señora Ana, esta aguapanela calientica recién salida del fogón —dijo Blanca mientras le pasaba la taza con ambas manos. —Mucho gusto, me llamo Blanca —añadió con una sonrisa amable.
—Mucho gusto, señora Blanca —respondió la señora Ana, agradecida.

Blanca, como toda mujer con alma de madre y corazón curioso, se acomodó en el sillón contiguo. Bajó un poco la voz, casi hablándole entre los dientes.

—¿Y qué la trae por aquí, señora Ana? Con tantos maleantes rondando por esos caminos...

No sabía que Ovidio, que estaba a solo dos metros bajando cosas del zarzo, había escuchado cada palabra. Él, aunque callado, tenía el oído entrenado para todo.

—Blanca, no pregunte tanto y venga a recibirme estas cosas que necesito llevarme —interrumpió con firmeza.

Blanca lo miró sorprendida.

—¿Y a dónde irás a esta hora?
—Le voy a hacer un favor a la señora Ana, no más.
—¿Y para eso necesitas la escopeta y ese machete? —insistió Blanca, ahora con algo de angustia.
—Vea, mujer, no joda tanto. Ayúdeme más bien. Mientras más rápido empaquemos, mejor. Ponga eso en la mesa y prepáreme un termo con aguapanela y un tarro con agua. También necesito una ruana para la señora Ana y otra pa' mí.

Blanca no quería quedarse con la angustia clavada en el pecho. Hizo un último intento por comprender.

—Ovidio, por favor... no me deje con esta zozobra. ¿Para dónde van? ¿Qué va a hacer con esa escopeta?

Él se detuvo un segundo, la miró a los ojos con suavidad, con ternura, y le respondió:

—Tranquila, mi amor. No va a pasar nada feo. Solo quiero estar preparado. Voy a llevar a doña Ana de vuelta al pueblo. Tiene urgencia.

—Está bien, Ovidio. Pero no vaya a cometer una locura, por favor...

Blanca lo abrazó con fuerza. Una pequeña lágrima bajó por su mejilla. Sabía que las cosas estaban mal por esos lados, que el peligro andaba suelto como una fiera. El corazón no le mentía.

—Dele, aunque sea un pedazo de pan a la señora Ana. Debe estar sin comer desde hace rato —susurró con voz temblorosa.

Mientras tanto, la señora Ana abrazaba la taza caliente como si fuera un refugio. Solo pensaba en Martín.

En ese último momento cuando lo acostó en su camita, tan inocente, tan chiquito, y al mismo tiempo, tan lleno de heridas invisibles.

—Mi pequeñito... pobrecito mi niño... ¿dónde estarás? —murmuraba dentro de sí, como una oración ahogada.

—Tome, señora Ana, coma este pancito antes de que termine su taza. Les espera un camino largo y pesado —le dijo Blanca con dulzura.

—Muchas gracias, doña Blanca —respondió, recibiendo el pan con una de sus manos temblorosas.

Mientras la señora Ana comía en silencio, Ovidio estaba en el corredor alimentando las bestias, apretando las correas de las monturas, ajustando la escopeta al cuerno de la silla. Quería tenerla a la mano. No por violencia, sino por precaución. Algo en su alma ya había decidido ayudar a esa mujer. Tal vez porque en sus ojos veía a su madre, aquella que lo crió con firmeza y cariño.

Esa imagen lo empujaba a protegerla.

Ovidio era un hombre de trabajo, de casa. Humilde, sencillo, pero con un corazón enorme. En la vereda era querido por su decencia, su palabra firme, y su lealtad inquebrantable.

Volvió a la sala, se sentó junto a la señora Ana y con voz suave dijo:

—Mija, páseme el termo y un pedazo de pan también. No sé a qué hora llegaremos, y esta noche pinta pa' lluvia. Saque también las carpas del baúl mientras me tomo esto.

—Doña Ana, ¿cómo se siente? ¿Desea algo más de comer? —preguntó con amabilidad.

—No, no, no... Así está bien, señor Ovidio. Antes, muchas gracias por dignarse a llevarme a esta hora de la noche. Solo le pido a Dios que nos lleve con bien... y que yo pueda encontrar a mi Martín en algún rincón del pueblo... si no, creo que me voy a enloquecer...

La señora Ana no pudo evitar que las lágrimas le resbalaran otra vez. Estaba lejos de casa, asustada, agotada, pero en su pecho latía una corazonada: que su niño estaba vivo, que su sacrificio tendría sentido.

—¡Carpas listas! —gritó Blanca saliendo de la habitación.

Las puso encima de la mesa, junto al termo con aguapanela y las ruanas.

—Tome, amor, el termo. Espero que este pan al menos le quite el vacío del estómago hasta que lleguen.
—Gracias, Blanca de mi vida —respondió él, tomándosela casi quemándose y empacando el pan que le sobró a toda prisa. Sabía que el camino sería difícil con esa lluvia que ya se insinuaba en el cielo.
—Señora Ana, vamos saliendo. Empaque todo eso en una bolsa plástica. El trayecto va a estar pesado

—indicó Ovidio con tono firme pero amable.

La señora Ana se levantó de inmediato, obediente, agradecida. Abrazó con fuerza a doña Blanca, la miró a los ojos y le dijo:

—Gracias por su hospitalidad. Que Dios la bendiga. Luego salió al patio. Las bestias estaban listas. Y entre ellas, Linda, la yegua que la había traído hasta allí apenas unas horas antes.

A lo lejos, el cielo empezaba a quebrarse en relámpagos. El viento traía una advertencia, y su cuerpo lo sabía. Pero en su mente, una sola imagen persistía: Martín. Dormido. Vulnerable. Esperándola.

Y ella, su madre, iba por él, aunque tuviera que cruzar la noche entera con el corazón en la mano.

Capítulo 12
La carpa rota

Diez hombres del grupo guerrillero aseguraban las zonas perimetrales, formando anillos de protección, mientras Machete reunía a veinticinco más en el camino. La formación era rápida, rígida, casi automática. Sabían que estaban en zona caliente.

—¡Atención! —gritó Machete con voz de trueno, seco, sin espacio para dudas—. El recorrido es de cinco horas, ya lo saben. Tres metros entre cada uno. Suza, al frente. ¡Ojo pelada! que así la ruta esté trazada, cualquier cosa puede pasar en el camino.

—¡Sí, comandante! —respondió Suza, una de varias guerrilleras del grupo, sin levantar la vista.

—Flaco, ¡oiga, güevón! ¡Oeee! Páreme bolas hermano. Hoy le tocó atrás. ¡Mosca pues! Que la última vez, en pleno hostigamiento de esas gonorreas, perdimos a Corozo porque usted andaba pensando en quién sabe qué mierda. ¡No quiero sorpresas! ¿Oyó?

—¡Sí, comandante!

—Burbuja, al medio, conmigo.

—Sí, comandante —respondió él de inmediato, casi por reflejo.

Justo en ese momento, el cielo se partió en dos y se largó un aguacero. Era incontenible. No era una llovizna, era como si el cielo se hubiera rendido de golpe. El agua caía con rabia, con estruendo.

Los hombres sacaron sus carpas de campaña y miraron de reojo al comandante, esperando alguna nueva orden. Pero Machete no era de esos que dan tregua ni en el infierno.

—¡Mientras más rápido se la pongan, más rápido salimos! ¡Rompan filas!

Burbuja, empapado hasta los huesos, se giró a su lado y vio a Martín, con las manitas empuñadas, temblando como una hoja. Estaba inmóvil, los ojos llenos de frío, pero también de ternura, como si buscara con la mirada un poco de compasión, como si esperara que alguien —cualquiera— hiciera algo.

Burbuja tragó saliva. Se puso la carpa y buscó en su equipo. Entre un par de latas de comida y un pañuelo viejo, encontró un buzo verde oliva, robado de una dotación del ejército meses atrás. Lo sacó, se agachó y lo sostuvo frente al niño.

—Dani, ven, ponte esto. No sé cómo hacer para que no te mojes... Espera, espera... ya sé. Ven, paremos acá debajo de este pino. Te voy a improvisar una carpa.

Con rapidez, Burbuja se quitó la mochila, rebuscó entre su equipo y encontró una sobrecarpa de esas finas, de material sintético impermeable. Se le iluminó la cara. La desdobló, desenfundó el machete y comenzó a cortar un trozo. El material era duro como cuero reseco. Tuvo que llamar a un compañero cercano.

—¡Camarada, venga, sujétela aquí mientras corto! ¡Rápido!

El otro lo miró raro, pero accedió.

Burbuja dejó un pedazo amplio, lo dobló, y le hizo un hueco justo en el centro. Era para la cabecita de Martín. Una especie de capa improvisada. Nada bonito, pero útil. Al menos, el cuerpo del niño estaría menos mojado que antes. La cabeza y los piecitos aún quedarían expuestos... pero algo era algo.

—Aquí está, niño —dijo con una sonrisa genuina.

Pero esa pequeña victoria duró poco.

—¡Burbuja! —gritó Machete desde el otro extremo del grupo. Caminaba hacia él con el rostro torcido de furia—. ¿Qué está haciendo, güevón? ¿Aquí vinimos a hacer obras de caridad o qué?
—Comandante, yo... solo pensé que...
—¡Pensé nada, marica! ¡Aquí se obedece! Si ese chino se muere de frío, se entierra en el camino y punto. ¡Quítele esa carpa ya! ¡Es una orden!
—Sí, comandante...

Burbuja se arrodilló frente a Martín, derrotado. Sus manos temblaban tanto como las del niño.

Le quitó despacio la carpa improvisada, con rabia contenida, con dolor.

Se acercó al oído del niño y le susurró con voz rota:

—Aguanta, Dani... te lo juro, lo voy a solucionar.

Martín, tiritando de pies a cabeza, solo alcanzó a mover la cabeza en señal de "*sí*", apretando los dientes. Era un "*trato*" silencioso entre dos almas en pena.

—Al menos no vio el buzo que te puse... aunque sé que te vas a mojar. Pero aguanta, Dani. Lo vamos a lograr.

Burbuja enrolló la carpa que le había quitado y la escondió en el bolsillo lateral de su pantalón. Luego presionó bien la cuerda que lo unía al niño y se aseguró de dejar la otra mano de Martín suelta, por si tropezaba y necesitaba sostenerse.

La fila comenzó a moverse. Los pasos sobre el barro hacían un ruido áspero, como si todos caminaran sobre el alma de la montaña.

—Vamos, Dani... tras de mí. Yo te voy a cuidar.

Ese niño, frágil y pequeño, estaba exhausto.

Había pasado por demasiado en tan poco tiempo. Su cuerpo estaba débil, pero en su mente latía la fuerza de un gladiador.

Esa clase de espíritu que ni el hambre, ni el frío, ni la violencia podrían destruir.

Burbuja, con su uniforme empapado, avanzaba con él atado a la cintura. Y aunque no podía desobedecer más, su corazón ya había tomado partido.

Martín, en medio del horror, acababa de encontrar un ángel pasajero.

Capítulo 13
La ruta hacia El Pantano

—¿Lista para el viaje, doña Ana?

—Lista, don Ovidio. Quiero llegar cuanto antes al pueblo... lo único que deseo es encontrar a mi niño.

—Lo encontraremos, doña Ana, no se preocupe.

—Dios nos lleve con bien, mijo.

Con un grito breve de aliento, doña Blanca se despidió desde la puerta de su casa, viéndolos salir de su patio con un nudo en el alma.

El camino no sería fácil.

Por ahorrar trayecto, Ovidio acostumbraba tomar atajos por trochas y veredas apenas transitadas, caminos diseñados más para bestias que para personas. Sabía que podrían enfrentarse a pantanos profundos, terrenos tan peligrosos que tendrían que desmontarse para cruzar por zonas más secas. Conocía también los riesgos de animales salvajes y de personas peligrosas rondando la zona. Por eso no salía nunca sin estar preparado: escopeta y cartuchos, carpas, ruanas, botas de caucho, termos con café caliente y otros víveres indispensables.

—A ver, doña Ana, cuénteme qué fue lo que pasó. Sé que viene por su hijo, pero me gustaría entender los detalles.

Ovidio marchaba detrás de ella, atento por si en algún momento necesitaba socorrerla.

—Don Ovidio... es una historia larga, pero le contaré lo esencial.
—La escucho, señora.

—Martín es un niño que quedó huérfano siendo aún más pequeño. Uno de sus padres murió por enfermedad, al otro lo asesinaron los grupos armados de la zona. Tenía un hermanito mayor que desapareció hace años, justo antes de que sus padres murieran. Desde entonces, Martín ha pasado de casa en casa, sobreviviendo con la ayuda de la gente buena del pueblo. Es un niño especial, muy inteligente, yo diría que un genio. Aprendió a ganarse unas monedas haciendo mandados y favores; últimamente, estaba trabajando con don Olimpo, el del granero.

—Sí, sí, claro, lo distingo. Vive en la otra vereda, cerca de mi casa, en El Pantano.

—El caso, don Ovidio, es que esta mañana Martín salió muy temprano para el trabajo, después de una noche espantosa de tiroteos y bombardeos. Eran las cinco y media de la tarde y no había vuelto. Me preocupé, fui al granero y no estaba, el billar, donde don Olimpo suele ir después de cerrar, y tampoco. Estaba cerrado. La gente del pueblo no sabía nada. Fue su hermano quien me mandó hasta aquí, pero su vecina me dijo que muy temprano don Olimpo salió con su esposa y varias maletas... Del niño, nadie ha vuelto a saber nada.

La voz de la señora Ana se quebró. Le temblaban los labios de nuevo, los ojos se le llenaron de lágrimas.

—Él es lo único que tengo. No dejo de pensar que en este momento puede estar sufriendo, o en peligro. No me lo perdonaría nunca si algo le pasara.
—Ese niño no merece tanto sufrimiento junto... —murmuró Ovidio, con el ceño fruncido.
—Gracias por ayudarme... de verdad.
—No me dé las gracias, señora. Lo encontraremos. Y cuando lo hagamos, usted podrá darle todo ese amor que ya ha sabido darle hasta ahora. Solo tenga fe... y no la suelte nunca. —¿Usted cree que puede estar en el hospital? —preguntó Ovidio de repente—. Tal vez sufrió un accidente, y lo tienen allá.
—¡No había pensado en eso, don Ovidio! Apenas lleguemos, iré directo a preguntar.

Mientras conversaban, la carretera de tierra terminaba, y se abría ante ellos un sendero de montaña, húmedo y angosto. La noche comenzaba a cambiar. El aire se espesaba, la oscuridad se hacía más densa y la llovizna se volvía insistente.

—Paremos aquí unos minutos —dijo Ovidio, desmontando su bestia.
—¿Qué pasa? —preguntó la señora Ana, extrañada.
—Vamos a ajustarnos las ruanas y la carpa. Además, le traje unas botas de caucho que siempre cargo. Son de mi mujer. Venga, yo la ayudo.

Se agachó con cuidado y le quitó los zapatos.

—Mire eso... calza igual que mi señora. ¡Qué belleza! Venga, le pongo la otra.

La Señora Ana soltó una pequeña risa, la primera en días. Una risa que no borraba el dolor, pero lo espantaba por un instante.

—Qué amabilidad, don Ovidio. ¿Cómo le voy a pagar todo esto?

—Descuide, señora Ana. Si yo estuviera en su lugar y llegara a su casa buscando ayuda, estoy seguro de que usted también me tendería la mano.

—Aaah... eso sí —dijo ella, soltando una sonrisa sincera, cálida.

—Ya estamos listos. Le guardé los zapatos en la bolsa para que no se mojen.

—Gracias, señor.

—Venga, deme la mano y suba el pie... Linda, mi yegua, es un animalito muy formal. No se moverá hasta que usted esté cómoda.

Le guiñó un ojo mientras la ayudaba a subir. Aunque en la noche poco se veía.

El camino era oscuro, no solo para ellos, sino también para sus almas. Para la señora Ana era un territorio desconocido; para Ovidio, aunque familiar, no dejaba de ser peligroso.

Llevaba linternas, sí, pero no las encendía: la luz encandila a las bestias en la noche, y ellas, acostumbradas a la oscuridad, sabían guiarse mejor en esa oscuridad profunda.

Confiaban en sus monturas... y en la esperanza que llevaban colgando del pecho.

Capítulo 14
El grito inútil

El camino seguía angosto, cubierto de barro y sombras que se deshacían con cada paso de las bestias. Ovidio iba adelante esta vez, guiando con voz baja y firme a su yegua, mientras la señora Ana lo seguía montada en otra. La lluvia no paraba, caía del cielo como si el mundo estuviera llorando con ella. Cada tanto, un relámpago iluminaba los árboles retorcidos a los lados del camino, y el sonido de los truenos hacían que el corazón le palpitara aún más fuerte.

La esperanza de encontrar a su niño le mantenía la fuerza en el cuerpo, pero la incertidumbre la ahogaba.

—Don Ovidio, ¿falta mucho? —preguntó la señora Ana, entre el ruido de la lluvia.
—Un poco más, señora... ya casi salimos de este trecho y entramos a la vereda que lleva directo al pueblo. ¿Está bien? —dijo sin detener el paso.

La señora Ana apenas asintió. Pero justo en ese instante, los cascos de los animales se detuvieron. No por miedo, sino por instinto. Algo venía bajando por la otra loma, del otro lado de la selva. No era un animal salvaje. Eran pasos, muchos, pero sigilosos. Una sombra entre la lluvia. Sombras humanas silenciosas.

Ovidio alzó la mano en señal de silencio y apagó el pequeño farol de pilas que usaba colgado en su montura. La noche se hizo más oscura, como si se tragara el aire.

La Señora Ana, tensa, se inclinó hacia adelante. Los arbustos al borde del camino se movían.

En la penumbra, se delineaban figuras humanas avanzando en fila india. No hablaban. No usaban linternas. Caminaban solos. Como fantasmas. Como gente preparada para pasar desapercibida.

Entonces la señora Ana lo vio.

Entre las siluetas mojadas a la distancia, entre los cuerpos armados, caminaba un niño. Tenía el tamaño de Martín. El cabello revuelto. La ropa desgastada. Llevaba una cuerda amarrada a la cintura. Por un segundo, la señora Ana sintió que el alma se le salía del cuerpo. Sentía como esa ilusión gigante que tenía, volvía a su cuerpo, más viva que nunca y no pudo resistirla.

—*¡MARTÍN!* —gritó, descontrolada, bajándose de la bestia casi cayendo. —*¡MARTÍN, MI AMOR! ¡MI NIÑO!*

—¡Señora, no! ¡Cállese! —dijo Ovidio desesperado, tratando de bajarse para cubrirla.

Pero fue tarde.

Uno de los guerrilleros de la fila, sorprendido por el grito, corrió hacia ella asustado pero dispuesto a lo que fuera. No era el niño que llevaban, sino otro, más grande, con un rostro distinto.

La señora Ana, empapada y confundida, trató de abrirse paso entre los matorrales, llorando, gritando el nombre de su hijo. Ovidio intentó alcanzarla. El guerrillero la encontró al paso y la sujetó con fuerza del brazo. Le dio un golpe con la culata del fusil para silenciarla. La señora Ana cayó de rodillas, con la cara empapada y las manos en el pantano.

—¿Está loca o qué, vieja hijueputa? —escupió el hombre, mientras otro guerrillero se acercaba corriendo a ver qué pasaba.

—¡No hace parte del plan camarada, no hace parte! —gritó uno —¡Vámonos ya camarada, rápido!

Uno de ellos quiso quedarse, otro sugirió matarla, pero el que parecía estar al mando lo ordenó todo rápido:

—¡Déjenla viva! —gritó desde más atrás —ya hizo ruido. Pero muévanse antes de que los chulos escuchen algo más. ¡Nos largamos de aquí ya!

Y como llegaron, se fueron. Como sombras. Desapareciendo entre la maleza, sin dejar rastro. El niño que la señora Ana creyó ver, que juraba había sido Martín, no estaba, no era, no se parecía. Solo quedaba el golpe en su rostro, la sangre corriendo por su rostro, y un vacío en el pecho que ahora dolía aún más. Una grieta insostenible en su alma.

Ovidio llegó a su lado, la levantó con fuerza y miedo y no pudo evitar su maltrato.

—Señora Ana... ¡Dios mío! ¡Tranquila, por favor! ¡Tranquila!

Ella apenas podía hablar.

—Era él... lo vi... yo lo vi... —repetía una y otra vez.

Pero no era él.

Ovidio la ayudó a subir nuevamente a la bestia, le limpió con una ruana el rostro y sacó un termo de aguapanela de su bolso.

—Tome, señora... beba esto. Lo necesita más que nunca. No fue su niño... pero lo encontrará. Se lo juro, tarde o temprano lo va a encontrar.

Y la marcha siguió. Más lenta, más tensa... pero con una nueva herida en el corazón de la señora Ana: *la ilusión de haber visto a su niño, y la culpa de no haberlo alcanzado.*

Capítulo 15
La jaula

Después de más de cuatro horas caminando entre barro, lluvia y raíces ocultas bajo la maleza, los pasos de Martín comenzaban a arrastrarse. Cada tanto tropezaba, pero se reponía apretando los dientes. Sus pies, dentro de unas botas ya llenas de agua y barro, dolían como si cada paso fuera una herida nueva. Sentía las ampollas reventadas en los talones, y el roce constante del material mojado le provocaba ardor. Ya no lloraba, no porque no tuviera ganas, sino porque su cuerpo había aprendido a contenerlo para no gastar muchas energías.

Burbuja lo notó.

Aunque no tenía autorización para detener la marcha, aprovechó un momento en el que la columna giró en una curva cerrada entre la maleza para salirse disimuladamente del camino. Tomó a Martín del brazo y, sin levantar sospechas, lo llevó detrás de unos arbustos espesos que ofrecían algo de cobertura. Lo sentó con cuidado sobre una piedra húmeda, se quitó el morral y sacó un pequeño termo de metal.

—Toma, despacio... —le dijo, ofreciéndole agua tibia—. Te va a ayudar con el frío.

Martín temblaba, más por agotamiento que por el clima. Bebió con manos temblorosas. No quiso decir mucho, solo le devolvió el termo con un hilo de voz:

—Gracias, Burbuja...

El guerrillero le acomodó mejor el buzo de lana, el mismo que él le había prestado horas atrás.

Miró hacia el camino, atento. Sabía que no podían tardarse mucho. El grupo no esperaría a nadie.

—Ya casi llegamos, Dani —le dijo en voz baja, usando ese apodo con el que intentaba mantenerlo fuerte—. Te vas a poder acostar, comer algo y dormir un poco. Pero tienes que ser fuerte, ¿sí?

Martín asintió. No dijo nada más. Burbuja lo ayudó a levantarse y volvieron a integrarse con el grupo, como si nada hubiera pasado.

Media hora después, los llevaron montaña abajo por un camino más estrecho, hasta que se toparon con una pequeña quebrada.

Cruzaron con cuidado, pisando sobre unas piedras húmedas.

Justo abajo de la montaña, oculto entre la neblina y árboles altos, apareció el primer campamento: lonas verdes camufladas entre ramas, techos plásticos negros tensados con cuerdas entre los troncos y un par de fogatas tenues rodeadas por bidones, cajas y mochilas.

Pero lo que más impactó a Martín no fue el lugar, sino lo que vio apenas pusieron un pie dentro.

A la derecha, en un espacio cercado con malla oxidada, había al menos una docena de niños. Algunos dormían sobre el barro, otros estaban sentados, cabizbajos, cubriéndose con pedazos de cobijas rasgadas. Había unos más pequeños que lloraban en silencio, y otros que simplemente miraban al vacío, con la mirada ida, como zombies en una ciudad arruinada. Uno de ellos, un niño de unos seis años, se le quedó mirando cuando Martín pasó. Tenía la cara manchada de hollín, los ojos vidriosos y el cuerpo cubierto por un saco demasiado grande.

Más allá, en un rincón apartado, se escuchaban toses secas. Había una jaula medio caída donde se veían niños acostados sobre tablas de madera. Algunos respiraban con dificultad. La peste del lugar era penetrante: mezcla de humedad, sudor, orines y enfermedad. Nadie hablaba de eso.

Otros chicos, un poco mayores, estaban en plena faena: uno partía leña con un machete demasiado grande para sus brazos; otro limpiaba armas bajo la supervisión de uno de ellos. Uno más recogía basura y botellas alrededor del campamento. Todos tenían una expresión común: resignación.

Martín tragó saliva, respiró hondo. Su estómago se retorció. Sintió miedo. Miedo de volverse como ellos. De perderse. De no volver a ver a la señora Ana nunca más. Solo tocaba su manilla con sus manitos temblorosas, como si tocara el rostro de su padre en la enfermedad.

Burbuja notó su temblor y, sin que nadie lo viera, le apretó la mano.

—Tranquilo... todavía no es el final.

El comandante, un hombre seco, con los ojos siempre entrecerrados, dio una orden con la mirada. Burbuja entendió sin necesidad de palabras.

Tomó a Martín del brazo y lo llevó hasta la jaula. Empujó la endeble puerta de alambre, que chirrió con un lamento metálico. Adentro, el aire era más denso. Los otros niños, entumecidos y desorientados, ni siquiera voltearon a mirar. Martín dudó en entrar, pero Burbuja lo empujó con suavidad.

—Es por orden del comandante... no tengo opción, Dani —susurró.

Martín bajó la mirada y dio dos pasos. Sintió el barro fresco cediendo bajo sus botas empapadas.

Al fondo, una esquina libre. Hacia allá fue. Apenas Burbuja cerró la reja, una voz cortante lo llamó desde el otro lado del campamento.

—¡Burbuja! ¡Venga! —era el comandante.

Burbuja lanzó una última mirada rápida a Martín. No dijo nada y corrió. Y con él se fue también la única chispa de calor que le quedaba a Martín.

Solo, entre cuerpos agotados, miró hacia la malla de alambre oxidado que ahora lo separaba del mundo. El frío se le metía por el cuello. El miedo, por los ojos.

Y allí, en ese rincón donde el día apenas comenzaba, Martín no lloró. Se abrazó las rodillas y pensó en la señora Ana. En el olor a su casa siempre limpia. En su voz.

—Voy a salir de aquí —se dijo, apenas en un susurro—. Y no me voy a olvidar de nadie.

Entonces bajó la cabeza y esperó. Porque incluso una herida como esa... tenía que servir para algo más que una simple condena a la realidad.

Capítulo 16
Así te rompe la guerra

El camino se hizo más estrecho, devorado por el frío, la humedad. El lodo aguado, otras veces espeso, alcanzaba casi las rodillas de las bestias, y cada paso era una lucha contra el fango. La señora Ana iba montada con la espalda encorvada, aferrada a la montura con manos débiles. Desde el golpe no había vuelto a hablar mucho. El costado del cuerpo le dolía con cada respiro, pero lo peor era la hinchazón en la cabeza por ese maldito culatazo.

El golpe no había sido un empujón, ni una caída fortuita.

Había sido la fuerza de un arma sin compasión por la anciana. La señora Ana solo sintió el impacto seco y la sensación del peso de su cuerpo que se vino al suelo como un telón de golpe.

Ovidio no había dicho nada entonces. Solo la recogió del piso toda magullada, toda vuelta nada. Pero desde ese momento notó el temblor constante, la desorientación creciente, el calor anormal que le subía por el cuello. La señora Ana hablaba poco, y cuando lo hacía era como si hablara desde otra parte del universo.

—Ovidio… —decía a ratos—, era él… lo vi con mis propios ojos.

Él no tenía el corazón para contradecirla. No ahí. No mientras la fiebre le robaba el color del rostro.

Al caer la noche mañanera, la neblina cubrió la trocha como un sudario.

Ovidio se desmontó en una curva donde los árboles formaban una especie de refugio natural. Amarró las bestias y ayudó a la señora Ana a bajar.

Ella se descolgó más que bajar. Apenas podía sostenerse.

—Vamos a terminar de pasar aquí lo que falta de la noche, señora Ana. No hay más remedio.

Le acomodó una lona entre dos ramas bajas, extendiendo su propia ruana sobre unas hojas secas, y le dio un poco de agua. La señora Ana la tomó con dificultad, como si le costara recordar qué hacer con ella.

—¿Dónde está? —susurró— ¿Dónde está mi muchachito?

Ovidio se sentó cerca, atento a cada gemido, a cada espasmo involuntario. La fiebre crecía, como un incendio lento. La señora Ana sudaba frío, murmuraba el nombre de Martín, a veces entre sollozos, otras con una voz que parecía la de una niña perdida.

Al amanecer, ya no hubo duda. Tenía los ojos enrojecidos, la frente ardía, y no podía mantenerse en pie. Ovidio la sostuvo entre los brazos y maldijo por lo bajo. Ya no era seguro seguir buscando. Necesitaba ayuda médica. Y rápido.

Sabía de un destino. Una trocha que conectaba con una vereda más baja. Si llegaban allá, quizás un chivero podría llevarlos hasta el pueblo de donde la señora Ana había salido.

Cargó a la señora Ana como pudo, la amarró con cuidado sobre la bestia y emprendió el descenso. Cada curva era un riesgo. Cada raíz, un enemigo. Pero no se detuvo.

Dos horas después, cuando el sol ya asomaba, llegaron por fin a la vereda.

Un grupo de hombres descansaba bajo un techo de zinc. Entre ellos, uno reconoció a Ovidio y corrió a ayudar.

—¿Qué pasó, Ovidio?

—Es doña Ana... venimos del monte. Le dieron un golpe los armados. Está con fiebre, mal. Necesito llevarla al hospital.

El otro asintiendo. No hubo preguntas. Llamaron al chivero, que rugió con esfuerzo cuesta arriba.

Montaron a la señora Ana en la parte trasera sobre costales de café. Ovidio la sostuvo por todo el camino. El vehículo avanzaba lento, traqueteando entre baches. La señora Ana ya no respondía. Solo murmuraba a veces:

—Martín... mi amor, no te sueltes...

Cuando llegaron al hospital del pueblo, dos enfermeras que vieron el chivero arrimar con urgencia, salieron a recibirla.

El conductor gritó desde el asiento:

—¡Es grave! ¡Ayuda!

La bajaron entre varios. La señora Ana tenía la cara pálida, el cabello empapado de sudor, las uñas moradas. Una enfermera preguntó:

—¿Quién es?
—Es doña Ana —respondió Ovidio, con la voz quebrada—. Está buscando a su hijo. Y se nos fue enfermando en la montaña a causa de un duro golpe en su cabeza...

Las puertas del hospital se abrieron como una bocanada blanca. La señora Ana desapareció tras ellas.

Ovidio se quedó en la entrada, solo, cubierto de barro y con la ruana colgándose de un hombro. No lo dejaron pasar. Solo le dijeron que esperara.

Y así, bajo el primer cielo despejado en días, Ovidio entendió que a veces la guerra no te mata con plomo. A veces te quiebra lento. Y deja que lo veas todo segundo a segundo.

PARTE II

BRUTALIDAD DE UN ENTRENAMIENTO FORZADO

Capítulo 17
Aquí nadie se llama como nació

Después del amanecer, cuando por fin lo sacaron de la jaula, el sol apenas había comenzado a romper la bruma entre los árboles. Martín tenía las piernas entumecidas, la ropa mojada aún y el estómago vacío. Apenas si podía pararse sin tambalearse.

Fue un guerrillero joven, con barba irregular y un parche militar mal cosido en la camisa, quien lo llevó de un tirón hasta una especie de explanada rodeada de lonas negras en el centro del campamento. Allí lo esperaba un hombre flaco, de ojos hundidos y sonrisa torcida.

Tenía el rostro afilado como un machete viejo y fumaba un cigarro que parecía estar colgado del labio por milagro. Lo llamaban simplemente *"el Flaco"*. No el alias flaco, que venía de último mandado por Machete. Era otro. Era el terror.

—¡Ah, miren lo que me traen! —dijo con tono burlón, extendiendo los brazos como si recibiera a un príncipe—. ¿Este es el nuevo refuerzo de la tropa o un pollito que se nos coló del gallinero?

Algunos de los niños mayores rieron. Otros bajaron la mirada. Martín no dijo nada. El Flaco se le acercó, se agachó hasta quedar cara a cara con él.

—¿Cómo te llamas, pajarito?
—Ma... Ma... —titubeó. El nombre se le quedó trabado en la garganta. El miedo, las palabras de Burbuja, el peligro de decirlo... Todo le cayó encima como una piedra. Trató de disimular—. Dani. Me llamo Dani.

El Flaco lo miró con una ceja alzada, la sonrisa torcida aún colgada en su cara huesuda.

—Dani, ¿eh? Bueno, Dani... Aquí nadie se llama como nació. Aquí somos otros. Aquí nacemos de nuevo. A partir de hoy, te vas a llamar "Trapo". ¿O qué? ¿Prefieres que te digamos "Bota Loca"?

Más risas. Martín bajó la mirada, pero no respondió. El Flaco se puso serio de golpe.

—Aquí se obedece. Aquí se forma uno o se muere torcido. ¿Entendiste?

Martín apenas asintió.

—Eso. Así me gusta.

El Flaco se incorporó y dio una vuelta sobre sus talones.

—¡Escuchen todos! —gritó—. Lo que van a vivir aquí no es una colonia de vacaciones. No estamos aquí para que se hagan los tristes, ni para que lloren por las mamitas. Aquí vinieron a convertirse en hombres. En guerrilleros. En soldados del pueblo.

Guardó silencio unos segundos y luego comenzó el discurso que había repetido decenas de veces, a cada grupo nuevo.

—Nosotros no somos criminales. ¡Nosotros somos el ejército de la patria! Aquí los que mandan no son los políticos, ni los ricos, ni los que viven en las ciudades comiendo bien mientras ustedes pasan hambre. Aquí mandamos nosotros. Y ustedes, los que están aquí, son los que van a cambiar este país. Porque esta guerra no es de fusiles, ¡es de justicia!

Martín levantó la vista. Algo en esas palabras le hizo ruido. No las entendía todas, pero sentía que había algo torcido detrás de tanto entusiasmo. Sin embargo, calló. Observó.

Grabó cada rostro, cada gesto. Porque ya estaba empezando a pensar. Un avión.

Y ese mismo día, mientras lo hacían correr por el lodo con una mochila con algunas piedras, mientras le gritaban que no servía para nada, mientras se le partían las uñas trepando por una cuesta resbalosa, Martín comenzó a construir en silencio su plan. No aguantaría más el sufrimiento que comenzaba a ver. Esa chispa interna que siempre había estado dentro de él, ahora estaba más encendida que nunca.

Era una semilla apenas creciendo en su genial mente, pero ahí estaba, llena de potencia en su alma.

Capítulo 18
Entre jaulas y dulces

Cuando el sol se despidió, dejando atrás la humedad y el bochorno del día, Martín se sintió más agotado que nunca. El entrenamiento del Flaco no había dado tregua, y su cuerpo, ya acostumbrado a los dolores del camino, ahora se enfrentaba a la brutalidad del campamento y los malos tratos.

En la noche, el sudor frío recorría su frente mientras el viento, apenas perceptible, agitaba las lonas que hacían las veces de refugio de los hombres malos.

A esa hora, las jaulas se volvieron más frías, y el ruido de los otros niños, que se arremolinaban buscando un poco de calor humano, era un susurro lejano. Martín, sin embargo, no podía dormirse. No por el frío, ni por el ruido. Su mente estaba ocupada en otra cosa: un plan. Un plan que comenzaba a tomar forma en su cabeza mientras el entrenamiento del Flaco comenzaba a desgastarlo físicamente. Su mente jamás pararía.

Una noche, mientras sus compañeritos de jaula intentaban encontrar algún consuelo en el sueño, unos abrazados con otros, intentando encontrar el mismo calor que buscaban todas las noches, un sonido rompió el silencio. Algo sutil, casi imperceptible, como el crujir de la tierra bajo un pie ligero.

Martín se tensó, se asustó. Había aprendido con el paso de los días a escuchar, a detectar cada mínimo cambio, cada paso que no encajara en la rutina.

Burbuja apareció, como una sombra que se deslizaba entre las tinieblas.

Traía algo en las manos, algo envuelto en una tela que no hacía ruido. Miró a su alrededor, verificando que los demás guerrilleros dormían o estaban demasiado distraídos para notar su presencia. Se acercó con cautela, casi sin hacer ruido, hasta donde estaba la jaula de Martín.

—¿Qué traes? —susurró Martín, levantando la cabeza con un hilo de voz.

Burbuja le ofreció un pequeño paquete envuelto.

—Unos dulces —dijo en voz baja, pero con una sonrisa que brilló a través de la oscuridad—. No es mucho, pero ayuda a que las noches pasen más rápido.

Martín aceptó el paquete con una mezcla de gratitud y desconfianza.

El sabor del azúcar era como un respiro en medio de la amargura de los días. Algo tan simple, pero que parecía un lujo en ese lugar.

—¿Y tú? —preguntó Martín, sabiendo que la respuesta podría ser tan vacía como la misma pregunta.

Burbuja se encogió de hombros.

—¿Yo? Solo sobrevivo, Dani —dijo, utilizando el nombre que había dado el niño días atrás—. Lo mismo que todos aquí.

Martín miró a su alrededor. Algunos niños se daban vuelta en sus camas improvisadas. Esas de trapos viejos, intentando dormir, pero sus rostros estaban marcados por el cansancio y la resignación.

—¿Y por qué lo haces? —preguntó Martín, sin esperar una respuesta, pero ya demasiado curioso por el hombre que lo cuidaba a escondidas.

Burbuja no respondió inmediatamente. Durante un rato, sólo ese ruido que hacían las lonas bajo la presión del viento y los grillos, llenaban el espacio. Finalmente, se acercó más a la jaula, tan cerca que Martín pudo sentir la calidez de su presencia, aunque no la suficiente para disipar el frío que le quebraba los huesos.

—Porque alguien tiene que hacerlo —respondió con voz grave, como si la pregunta fuera una carga pesada—. Porque todos tienen que creer en algo. Incluso si eso significa hacer cosas que no entiendes.

Martín no dijo nada más. No se necesitan palabras para entender la tristeza que se ocultaba detrás de la voz de Burbuja. Su mente, siempre alerta, ya había comenzado a procesar la información, a buscar los huecos, las fisuras que pudiera usar para su propio plan. Y Burbuja parecía una de ellas.

Y fue en ese momento, mientras compartía ese breve y silencioso instante con Burbuja, que se dio cuenta de algo.

Todos los demás, los niños que estaban a su alrededor, los guerrilleros... estaban atrapados en una guerra que no habían elegido, en una guerra sin sentido alguno. Como él. Como la señora Ana. Pero él, a diferencia de ellos, tenía un propósito oculto.

Era algo más grande, más astuto que muchos. Algo que le daría la oportunidad de cambiar el curso de sus días malos.

Burbuja dejó la jaula en silencio, y la oscuridad lo tragó nuevamente. Pero antes de desaparecer por completo, se detuvo y, con una voz casi inaudible, dijo:

—No olvides lo que eres, Dani. No olvides quién eres.

Martín no respondió. El dulce amargo seguía en su boca, y su mente ya estaba viajando hacia el futuro. Un futuro donde él sería el dueño de su destino.

Entre sueños rotos y murmullos lejanos de muchos días, Martín se hizo una promesa a sí mismo: no se quedaría ahí.

No sería una víctima más de la guerra. Saldría, y lo haría con algo más que un par de dulces en las manos. Saldría con mentalidad de gladiador, más poderoso y fuerte que nunca.

Capítulo 19
Aquí se viene a resistir o a morir

A todos les bastó un solo día para entender quién mandaba ahí.

No era el Flaco, que gritaba como perro rabioso. Ni los guerrilleros rasos que empuñaban fusiles con cara de miedo. El que realmente mandaba se hacía llamar Carbón. Nunca usaba apodos blandos. Nadie se atrevía a preguntarle su nombre real. Algunos decían que había quemado vivo a un desertor; otros, que en su juventud había sido seminarista y que el primer tiro que disparó fue a su propio padre.

Lo cierto era que cuando Carbón caminaba por el campamento, hasta los grillos dejaban de cantar.

Martín lo vio por primera vez un amanecer gris, cuando llegó con botas cubiertas de barro seco y una gorra desteñida que le tapaba media cara. El silencio se hizo piedra. Caminaba despacio, como si supiera que el tiempo le obedecía. Su voz era tranquila, pero cortaba el aire con más filo que el machete que llevaba cruzado en el cinto.

—Aquí se viene a resistir o a morir, peladitos —dijo sin alzar el tono—. El que no sirva... se entierra.

No gritó. No fue necesario. Bastó eso para que todos supieran quién era el fuego verdadero en ese infierno.

La jornada comenzó con otro de esos entrenamientos que parecían diseñados para romper huesos de niños.

Bajo el sol cruel, con la tierra convertida en lodo, los obligaron a correr, trepar, cargar piedras, repetir. El Flaco escupía órdenes como metralla.

Martín resistía. Callado. Pero vio cómo su amigo Diego, otro niño empezaba a flaquear. Tropezó una, dos veces, hasta que su cuerpo se desplomó como un saco vacío.

—¡Levántese, parásito de mierda! —rugió el Flaco, apuntándole con la culata.

Nadie se movió.

Excepto Martín, que dio un paso, instintivo, hacia Diego.

Una mano lo detuvo. Era Burbuja. Le apretó el hombro con fuerza, le habló con los ojos: no lo hagas, no ahora.

Diego no abrió más los ojos.

Diego quedó tirado en el barro. Respiraba apenas. Un hilillo de sangre le salía por la nariz. Tenía las uñas negras, la piel amoratada.

El Flaco no se detuvo.

—¡A ver! ¿Creen que esto es un internado de monjas o qué? ¡Aquí el que se cae, se queda! ¡Así es que aprendemos aquí!

Y con rabia desatada, lo levantó del suelo como un muñeco y lo arrastró hacia la malla.

Martín quería gritar, correr, hacer algo, lo que fuera. Pero Burbuja lo sujetaba del hombro con más fuerza que antes.

—No, Dani. No —le susurró sin mirarlo—. Si se mete, se lo llevan también.

El Flaco lanzó a Diego dentro de la jaula como si fuera un animal muerto.

—¡Y nadie lo toca! ¡El que lo ayude, paga igual!

Por horas, el cuerpo de Diego quedó tendido, apenas temblando. Nadie podía acercarse. Nadie se atrevía. Solo Burbuja, al cambiar el turno de vigilancia, dejó un tarrito con agua entre las rejas, como si se le hubiera *"caído"*.

Esa noche, Diego seguía sin hablar.

Martín se sentó a su lado, fingiendo dormir. No lloró. Pero dentro de sí, algo se endureció para siempre. Quería huir y ayudar a esos niños, tenía tanta rabia e impotencia que se le notaba en su rostro colorado.

Esa noche, mientras los demás dormían como podían, Martín pensaba.

Contaba mentalmente entre las rondas. Escuchaba los pasos. Medía los ruidos, las distancias. Trataba de entender cómo operaban. Había patrones. Fallas.

Agujeros diminutos por donde podría colarse una idea a su mente. Algo que le diera la oportunidad de afianzar su plan. Entonces vio algo curioso, era su primer indicio de debilidad: *Carbón tenía una rutina.*

Siempre desaparecía a la misma hora. No estaba en las rondas, no en los castigos. Se iba. Solo. Y nadie preguntaba dónde.

Esa regularidad en medio del caos. Era una grieta. Y las grietas, si uno sabe cómo, se pueden hacer más grandes.

Esa noche, Martín no pudo dormir. El cuerpo le dolía, sí, pero había algo más: un ardor interno, como una idea creciendo con dientes.

Se levantó sigiloso y se arrastró hacia la esquina más oscura de la jaula.

Desde ahí, por entre los huecos del plástico que cubría la malla, se alcanzaba a ver parte de la carpa principal, la del comandante. Carbón no era de los que compartían fogata.

Siempre entraba solo, tarde, con cara de cuchillo. Pero esa noche no cerró bien la cortina de lona. Martín lo vio.

Estaba solo, sentado en el borde del catre. Sostenía un papel. Un cuaderno viejo, tal vez. O una hoja arrugada. Martín no pudo distinguir.

Lo que sí vio fue esto: el hombre más temido del campamento se cubrió la cara con las manos y se quebró. Lloró.

No fue un llanto escandaloso. Fue ese tipo de llanto que uno guarda años y que termina explotando en silencio. Carbón se dobló sobre sí mismo, como si el papel lo hubiese derrotado.

Martín se quedó inmóvil. No entendía. *¿Qué puede dolerle tanto a un hombre tan duro como ese?*

No supo cuánto tiempo lo observó.

Pero cuando el comandante se levantó de golpe y arrugó el papel, el miedo volvió. No por él, sino por lo que venía.

Esa fragilidad solo podía presagiar más rabia, más castigo, más órdenes sin alma.

Martín volvió a su rincón, el corazón todavía latiéndole fuerte.

Ahora sí lo tenía claro: *tenía que huir de cualquier manera.*

Tenía que huir antes de que todos, incluso él, terminara pareciéndose a Carbón.

Al día siguiente, Martín no mostró el mínimo dolor.

Había aprendido a respirar hondo con todo ese tiempo allí, a disimular. Observaba todo: el horario del suministro, la distracción cuando el Flaco se iba a fumar, el camino que rodeaba la jaula hasta perderse en el monte.

La idea ya no era teoría. Era un mapa mental. Un impulso irrefrenable.

La noche, otra noche más en su jaula, con un pedazo de carbón robado del fogón, dibujó sobre la tierra un croquis improvisado. Algo muy sutil pero ya grabado en su mente.Lo borró apenas terminó. Pero quedó dentro de él como si lo hubiera tatuado.

Pensó en los niños. En Diego. En los castigos inhumanos. En todos los que ya no volverían a ver el sol sin miedo. Y supo que escapar no era solo correr.

Era memoria. Era testimonio. Era la única manera de seguir vivo, incluso si el cuerpo no lo lograba.

Capítulo 20
Primera comisión de espionaje

La Ceiba era un caserío polvoriento, de casas con techos de zinc y ruanas colgadas en los portales. En apariencia, un lugar más. Pero algo nuevo se movía en sus calles. Habían llegado unos forasteros.

Tres hombres con pinta de campesinos, ruana al hombro, sombrero de ala ancha y machete al cinto. Pero no eran del lugar. Hablaban poco, observaban todo. Decían que venían a trabajar la tierra de un compadre, pero nadie les conocía parentesco alguno.

La guerrilla los había notado. Machete había escuchado y sospechaba que eran inteligencia militar encubierta, así que necesitaban certezas.

Carbón, con su tono seco, había pedido opinión al Flaco sobre cuál de los niños que había en el campamento era el más listo y sin duda el Flaco ya había fichado a Martín desde el primer día.

Carbón sin dudar le dio la orden a Martín. Para él, Martín tenía la misión de pasar desapercibido ante los forasteros y averiguar todo lo que pudiera.

—Irás con Elkin. Él será tu tío. Están esperando respuestas. Y vos... ya sos, uno de los nuestros.

Martín sintió un nudo. Su primera misión. Ya no como niño. Como ficha. Como soplón. Y eso le partía el alma. No quería involucrarse en sus planes macabros.

Elkin, su supuesto tío, era tosco y de mirada dura.

Le echó una manta sobre los hombros y salieron caminando.

—No se te vaya a ocurrir abrir la boca más de lo necesario, ¿me entendés? —le murmuró—. Si la cagás, nos cagás a todos.

El camino fue largo. Al llegar, se instalaron en una posada sucia, con olor a guardado. Elkin vendía la historia: que iban de paso, buscando trabajo donde un viejo amigo. El niño, decía, era su sobrino huérfano.

La mañana siguiente, fueron a la tienda del caserío. Allí estaban los tres forasteros. Uno de ellos, con cara curtida por el sol, levantó la vista al ver al niño.

—¡Ey, pelado! Vení pa' cá. ¿Cómo es que te llamás vos?

Martín tragó saliva.

—Dani, señor.
—¿Y este hombre quién es? —preguntó otro, mientras fingía acomodar un costal de arroz.
—Mi tío —respondió Martín, bajando la mirada.
—¿Y de dónde vienen ustedes?
—De allá, del norte. Buscamos finca pa' trabajar.

El más alto se agachó un poco, le sonrió con cuidado.

—¿Y a vos te gusta andar en el monte? ¿O preferís el colegio?

Martín dudó. No estaba seguro de qué responder.

—Yo... quiero trabajar, ayudar.
—Ajá, ¿y esos raspones en las manos? —interrumpió otro, mirando con atención los dedos inflamados y el moretón debajo del ojo.

Elkin apretó la mandíbula.

—Se cayó ayer. Ese es un pelao torpe.

Hubo un silencio corto. Pero ahí estaba. El aire denso. La sospecha.

Uno de los forasteros caminó hacia el fondo, fingiendo revisar la mercancía. Se acercó al otro, que ahora observaba a Martín como si adivinara un idioma oculto en sus gestos. Le susurró al oído:

—Tiene miedo. Pero no de nosotros. ¿Lo viste? Evita mirarlo. El raspón de la mejilla no es de una caída. El niño está forzado.
—Y ese man que dice ser el tío... no sabe sostener una mentira sin sudar —respondió el otro, apenas moviendo los labios.
—¿Cree que nos engaña o que somos pendejos? Ese es de monte. —El más joven de los tres apenas asintió.
—Si el niño está infiltrado, hay que sacarle algo. Pero suave.

Volvió a acercarse. Esta vez con otro tono. Más amable.

—Dani, ¿sabés escribir? ¿Y leer?

Martín se tensó. Elkin puso una mano en su hombro.

—No. Apenas sabe contar.
—Ah... qué lástima. Bueno, suerte en lo que busquen —dijo el forastero con voz liviana. Pero sus ojos seguían clavados en Martín.

Salieron de la tienda con compras y silencio. Elkin iba molesto. En el camino de regreso, lo apuró con voz baja:

—No hiciste nada mal, ¿sí? Decime si abriste la boca.
—No, tío. No dije nada.
—Bien. Porque si hablás más de lo necesario... ya sabés.

La amenaza no necesitaba más palabras.

Volvieron al campamento esa misma noche. La brisa traía olor a leña recién apagada.

El fogón central ya estaba fundido. Martín fue llevado directo a la carpa de Carbón.

El hombre lo esperaba sentado, afilando una navaja. Lo miró sin levantar la vista.

—¿Qué viste?

Martín tragó saliva.

—Tres hombres. No son del pueblo. Fingen ser campesinos, pero preguntan mucho. Tienen armas escondidas. Uno llevaba un puñal metido en la pretina, yo lo vi.

Carbón asintió con calma.

—¿Y qué más?

—Uno me preguntó mi nombre. Otro preguntó por las heridas. Dijeron que buscaban trabajo, pero están ahí por otra cosa.

—¿Te oliste algo?

—Sí. No me creyeron. Pero tampoco me sacaron nada.

Carbón se quedó en silencio. Dejó la navaja sobre la mesa y se inclinó para revisar. Mientras buscaba algo entre los trapos debajo de su catre, un papel arrugado cayó al suelo. Martín, sentado frente a él, lo vio.

Era una hoja sucia, con un dibujo infantil y letras torcidas hechas con crayón. Martín apenas lo miró de reojo, pero alcanzó a leer lo que decía: *Lucy*. Y, más abajo, en tinta roja, otra palabra: *Papá*.

Carbón levantó lo que buscaba, recogió el papel sin darse cuenta de que había sido visto, y lo volvió a meter entre sus cosas.

—Buen trabajo, Dani. Ya estás en el juego. Ahora no hay vuelta atrás.

Martín salió de la carpa sin decir nada. El corazón le latía como si fuera a explotar. Ya no era un niño con miedo.

Era un niño en guerra. Un niño que ya estaba involucrado con la maldad de Carbón hasta los tuétanos.

Capítulo 21
Huellas en el barro

El barro crujía bajo las botas de los guerrilleros. Había llovido durante toda la noche y los senderos se habían convertido en heridas abiertas, profundas y pegajosas. La bruma y la neblina se pegaban a la piel como un castigo. Martín, sentado en cuclillas junto a la jaula donde dormían los más pequeños, observaba cómo los hombres se movían de un lado a otro con una prisa contenida, una especie de nerviosismo disfrazado de orden.

Desde que había regresado del pueblo, nadie le había dicho nada. Pero lo sentía. Algo se había puesto en marcha.

Al mediodía, llegó un mensajero a pie. Traía un papel sellado en plástico. Machete lo leyó sin decir palabra, luego chasqueó la lengua y gritó una orden que puso a todos en movimiento. Preparaban armas, mapas, equipo. Burbuja caminaba rápido, sin mirarlo. Había una tensión rara en el ambiente. Como si todos supieran algo que él también sabía, pero nadie se atrevía a decirlo.

Esa noche, mientras los demás dormían, Martín pidió permiso al guardia de turno para orinar. En la oscuridad, allá en las letrinas, alcanzó a oír una conversación entre dos guerrilleros cerca del fuego. No los vio bien, pero la voz ronca de uno lo delató: era el Comandante Ramiro.

—Los sacamos como ratas. Dos eran. Camufladitos de campesinos, pero tenían pinta de cachacos.

—¿Y el niño? —preguntó el otro—. ¿Sí dijo algo?

—No tuvo que hacerlo. Los miró distinto. Y eso bastó.

Martín se quedó congelado. No necesitó más. Su estómago se cerró como un puño. Dio dos pasos atrás, tropezó con una raíz y casi cae. Se sostuvo en silencio. Luego volvió a entrar a la jaula, pero no durmió.

Al día siguiente, alguien dijo en voz baja que uno de los infiltrados apareció muerto en La Ceiba, con un cuchillo en la garganta. Que al otro se lo llevaron y uno había logrado escapar. Nadie decía más. Solo miradas entrecortadas, manos que se crispaban sobre los fusiles y un silencio más pesado que la selva misma.

Martín caminaba con la garganta hecha un nudo. Ese taco que no baja de la nuca. Sentía que cargaba una culpa que no sabía cómo se lavaba.

Mientras estaba en esa angustia, más pensativo que nunca, limpiaba sus botas de dotación cerca del fogón, y vaya sorpresa. Esas botas viejas que lo habían llevado al campamento, rotas, con los dedos por fuera estaban a un lado de él, reparadas. Tocó con sus manos las puntas, las revisó. Alguien las había cocido. Con hilo grueso y nudos firmes. No era un trabajo bonito, pero sí cuidadoso. Como quien cose con rabia... o con cariño.

Cayendo la noche, y con ellas a un lado lo supo. En los primeros días, cuando los dejaron bañarse con una de las canecas de aguas de lluvias represadas, Burbuja se acercó mientras él se lavaba el barro de los tobillos. Martín lo recordó ahora, viéndolo agachado y yéndose en silencio. Era día de baño para recibir la nueva dotación si es que se le podía llamar así, a los uniformes y botas improvisadas. Desde ese día Martín tenía la idea de que sus botas guerreras de cuero las habían reemplazado por las que le dieron de caucho.

A la tarde del día siguiente, tras la rutina miserable, Burbuja, por fin lo llamó con la mirada desde la distancia.

—¿Todo bien, Dani? —preguntó con voz baja.

—Sí —respondió Martín, mirando al suelo.

Hubo un silencio incómodo. Burbuja tenía la cara sucia y la camisa mojada de sudor. El sol le pegaba de lado. Se quedó ahí, parado.

—No siempre elegimos lo que decimos —dijo por fin, como si hablara de otra cosa—. A veces el silencio también pesa.

Martín no respondió. Solo lo miró. Quería abrazarlo. Quería preguntarle si era verdad. Si él sabía. Pero no podía. Ya no.

Esa noche terminó con la llegada de un niño nuevo al campamento. Tenía la cara hinchada, los ojos llenos de miedo y las manos temblorosas.

Un guerrillero lo empujó sin ternura. Lo metieron en la jaula. Nadie dijo nada.

Martín se acercó cuando no había vigilancia. Lo observó desde fuera. El niño tenía los pies sucios y estaba llorando mucho, acurrucado en una esquina.

Martín se vio a sí mismo. Días atrás. Meses. Una eternidad. Pero no calló. Algo en su corazón se endureció. Dio la vuelta y se fue.

Antes de dormir, escuchó gritos. Alguien estaba siendo castigado cerca de la carpa de los comandantes. Miró por un hueco del plástico de la malla, por pura curiosidad. Vio a un joven, apenas mayor que él, recibiendo latigazos. Lo llamaban traidor. Machete fumaba a unos metros, con una risa en la boca y el cigarrillo entre los dedos.

Martín no apartó la vista.

Los ojos del joven se encontraron con los suyos desde la distancia que los separaba.
Solo por un segundo. Fue suficiente.

Era el mismo dolor. Martín no podía sino sentir en esos momentos el frío de la crueldad más vigente en su vida, y solo soñaba —ya hasta deliraba— con su pronta huida del infierno.

Capítulo 22
Eco del hermano desaparecido

La rutina del campamento era una repetición rancia de gritos, entrenamiento y hambre. Los niños eran levantados a punta de silbato, formados como soldaditos de palo y lanzados al fango del adoctrinamiento. El Flaco, siempre con la cara tensa y los ojos cansados, era el encargado de exprimirlos. Gritaba con una voz áspera como la costra de una herida mal cerrada.

Martín, en cambio, seguía siendo utilizado como mensajero.

Aquel trato especial tenía un costo: lo alejaba del grupo, de la posibilidad de compartir entrenamientos y de saber en qué punto exacto estaban los demás.

Pero también era una ventaja. Se movía más, veía más. Calculaba, estaba con sus opresores. Con cada encargo, sin que nadie lo notara, iba recogiendo retazos de un mapa invisible: qué rutas tomaban comúnmente, qué puntos vigilaban más, cuántos pasos separaban la libertad de esa maldita prisión. Ese día le tocó otro de esos mandados.

Carbón le habló sin mirarlo.

—Vas a llevar esto al otro campamento. Y volvés el mismo día. No te demorés, ¿oís?

Martín asintió. En su cabeza, ya no pensaba en la misión como un simple encargo. Cada salida era un hilo más del que podía tirar.

Le entregaron un bulto pequeño envuelto en plástico y lo empujaron rumbo al norte. Lo escoltaban dos hombres armados. Caminaban en fila india, sin hablar. Aquel silencio entre los árboles pesaba. La humedad se le colaba por el cuello y se le pegaba en la espalda como una caricia fría.

Martín pensaba. *¿Cuántas salidas más permitirían? ¿Cuántas caras nuevas vería antes de decidir si valía la pena arriesgarlo todo?*

Al llegar al otro campamento, sintió un aire distinto. Este no era como el suyo: no había tantos niños ni voces. Era un sitio más silencioso, casi contenido. Una base de almacenamiento.

Las carpas eran menos, pero más reforzadas. Cajas de madera con sellos marcados a fuego estaban apiladas como huesos de un animal dormido. En vez de entrenamientos, había limpieza de fusiles, mantenimiento de armas largas y cortas, cuidado meticuloso de municiones.

El olor era más metálico, más seco. A la distancia, se escuchaban martillazos suaves, como un corazón de pólvora latiendo en la sombra.

El grupo que lo recibió era más adulto. Miradas duras, cuerpos entrenados, dedos acostumbrados al gatillo. Había fogatas también, pero no para calentar café: allí se fundían piezas, se soldaban, se reparaban metales. Guerrilla pura, pero técnica.

Le indicaron que esperara junto a un árbol, cerca del fogón. El cielo estaba encapotado y comenzaba a caer una neblina espesa que se colaba entre los troncos como un fantasma.

Fue entonces cuando ocurrió.

Entre la bruma, una figura cruzó a lo lejos. Rápida. Joven. El andar le resultó familiar, como un recuerdo que se niega a morir. Se congeló. El corazón le martilló el pecho y cayó un desespero sobre él de inmediato.

—Julios... —murmuró.

La niebla tragó al muchacho en segundos. Martín corrió. Esquivó ramas, raíces, miradas. Llegó al claro donde creyó haberlo visto, pero no había nadie. Solo el aliento del bosque, húmedo y hondo.

Miró alrededor, jadeando. Nada.

Volvió despacio, con los ojos húmedos. No lloraba. Reconstruía. Porque lo había visto.

No tenía pruebas, pero su corazón lo reconocía. Ese movimiento de hombros, ese pelo casi rojo, esa forma de girar la cabeza antes de desaparecer... no era un error.

Lo escoltaron de vuelta al anochecer. Sin preguntas. Sin comentarios.

De nuevo en el rincón de su jaula, Martín fingió dormir. Carbón se acercó a su jaula.

Se notaba cansado.

—¿Todo bien en el otro campamento? —preguntó, con un tono más humano del habitual.

—Sí. Todo bien —respondió el niño sin abrir los ojos.

Carbón no insistió. Se fue con pasos lentos.

Martín se quedó solo en la penumbra. Y mientras escuchaba el rumor lejano de las ramas golpeadas por el viento, recordó una tarde en el patio de tierra de su casa: Julios armando una cometa con palos de guayabo y una bolsa plástica.

—Si la elevamos bien alto, mamá la va a ver desde el pueblo —le había dicho su hermano, con esa sonrisa torcida que lo hacía parecer más grande.

Esa noche, Martín no soñó. Pero tampoco descansó.

Su plan de escape acababa de tomar una nueva forma y mucha más fuerza que antes. Ya no huía solo por él. Ahora huía por los dos.

Capítulo 23
Resistir o morir: el precio de un sueño de libertad

La rutina había dejado de quebrarlo.

Martín ya no era el niño que sollozaba pidiendo misericordia; era un espectro silencioso, de mirada afilada y espalda curvada por las cargas.

Cada tarea, cada golpe, cada humillación, lo había vuelto más que un niño: una máquina de observar, un pequeño sabueso de silencios y debilidades.

Su mente ya no soñaba: medía, y eso era todo lo que necesitaba.

Ese día, bajo un sol que parecía derretir la selva misma, de esos que no soportas, cargaba bolsas de comida de suministros que habían llegado. Sus botas apenas resbalaban en el suelo lodoso. Los brazos le temblaban como si fueran de trapo. Desde un rincón, Machete lo miraba con esa media sonrisa llena de asco.

—¡Muévase, pedazo de mierda! ¿O quiere que lo acomode a punta de fusil? —bramó, golpeando su arma contra el suelo.

Martín bajó la cabeza y siguió arrastrando el peso de las bolsas.

Fue entonces, entre sudores y latidos desbocados, que lo vio a unos diez metros de donde caminaba: uno de los anillos de seguridad estaba sin su centinela.

Se había ido a orinar y, se veía el susodicho distraído con unos bichos en un árbol mientras encendía y fumaba un cigarro.

Una grieta en esa muralla inrebasable se dibujaba en la mente de Martín.

Se le fueron las luces por el deseo de ser libre y no lo pensó mucho, ni tiempo le dio de masticarlo. Soltó las bolsas y corrió como un animal desesperado. Ni por un segundo pensó en lo que se le vendría encima. Martín ya no aguantó más ese sufrimiento, solo soltó su cuerpo y su alma a la merced del destino.

—¡Maldito bastardo! ¡Agárrenlo, hijueputas! —rugió Machete desde lejos.

Martín casi llegaba al anillo vacío, iba pálido de respirar y resoplar, corrió a lo que su pequeño cuerpo le diera, cuando sintió el tirón brutal en la camisa, el golpe seco de su cuerpo contra el barro.

El centinela había escuchado el grito de Machete y lo había esperado escondido detrás de un árbol. Machete, jadeando de furia, llegó luego y le hundió la bota en la espalda.

—¿Dónde carajos, cree que va, mocoso traidor? —rugió, aplastándolo contra el suelo.

Martín, escupiendo barro, apenas respiraba. Apretó los ojos con una rabia muda de esas que no se explican, solo se siente.

—¿Ahora se cree muy bravo, ah? —siseó Machete—. Le voy a enseñar cómo se aplastan las ratas.

Esa noche, Martín fue atado desnudo a un poste en medio del campamento.

La luna, testigo indiferente, iluminaba su cuerpo enfangado. Los otros guerrilleros pasaban de largo, algunos lo escupían, otros ni lo miraban.

El frío de la selva se le metía en los huesos como miles de agujas de hielo. Sin compasión.

Las horas se arrastraron como una tortura viva.

Martín, entre escalofríos, repetía en su mente la voz seca de Carbón:

"Aquí se viene a resistir o a morir."

Cuando el alba apenas manchó el cielo, sus muñecas sangraban bajo las ataduras. La cabeza le daba vueltas. El cuerpo entero era una sola quemadura de dolor.

Entonces lo arrastraron como un trapo sucio hasta una jaula abandonada, lejos del resto.

Era apenas un esqueleto de hierro oxidado, montado sobre un pantano nauseabundo.

Allí no había trapo, ni catre, ni rincón seco.

Solo barro, excremento seco en las esquinas y rejas oxidadas.

No le permitieron ir a las letrinas. No le dieron comida. No le dieron agua por algún tiempo.

Solo lo lanzaron allí y cerraron la puerta con un golpe de candado.

Machete, carcajeándose, lanzó un último escupitajo:

—¡Muérase, hijueputa! ¡Así nos ahorramos balas!

El tiempo se volvió una masa pegajosa, infinita. Martín deliraba.

A veces pensaba que la señora Ana venía a buscarlo; otras, creía oír a Julios llamándolo desde los matorrales.

Pero nadie venía.

Solo el zumbido de los insectos y el peso creciente de la fiebre.

Pasaron días. Semanas. No se supo con precisión. Su cuerpo adelgazó hasta los huesos. El barro se volvió su cama y su mortaja.

Cuando la fiebre lo dejó medio inconsciente, Burbuja, desafiando órdenes, viéndolo sufrir, tan débil, casi muerto, comenzó a visitarlo en las madrugadas, limpiándole el rostro con trapos húmedos, dejándole a escondidas pequeños sorbos de agua.

—Aguanta, Dani... aguanta, por favor —le susurraba, apretándole las manos heladas.

Hasta que un amanecer, Martín no reaccionó más.

Entonces, a regañadientes, Machete —que había quedado a cargo mientras Carbón estaba en comisión— ordenó:

—¡Llévenlo donde el enfermero! ¡Si se muere, que sea su problema, no mío!

Lo cargaron como un saco inservible hasta la enfermería improvisada, apenas un cambuche techado con plásticos.

Un guerrillero viejo, curtido en heridas de guerra, lo recibió sin decir palabra. Martín fue recostado en un catre viejo.

Su piel ardía y su respiración era apenas un susurro. En sus sueños febriles, veía a la señora Ana transformarse en su madre, todo mezclado en una confusión de imágenes. Se sentaban junto a él, acariciándole la frente.

—Mi niño... mi niño hermoso... no te vayas, Martín... aguanta... —le decían, llorando.

Martín, también llorando, extendió su mano en el aire con apenas un aliento de fuerza.

—No me sueltes, mamá... no me dejes...

El sueño se alargaba, se estiraba como un túnel de luz y sombra. Por un instante, creyó que estaba muriendo. Pero entonces, una voz firme lo sacudió:

—¡Dani! ¡No, Dani, aquí estoy! ¡No te vayas!

Era Burbuja.

Martín medio abrió los ojos, empapado en sudor, jadeando como un pez fuera del agua.

—Burbuja... yo... la vi...
—Lo sé, Dani. Yo sé —susurró Burbuja, secándole la frente.

El pequeño cerró los ojos de nuevo y se fue como se va el alma del cuerpo. Pero esta vez, no para morir. Esta vez, para vivir. Para vivir lo que venía que sería aún más intenso.

Y mientras su cuerpo sanaba muy lentamente, su mente trabajaba: paciente, silenciosa, invencible.

El plan perfecto aún respiraba dentro de él.

Su tarea ahora era solo una: recuperarse... y esperar un poco más su gran momento.

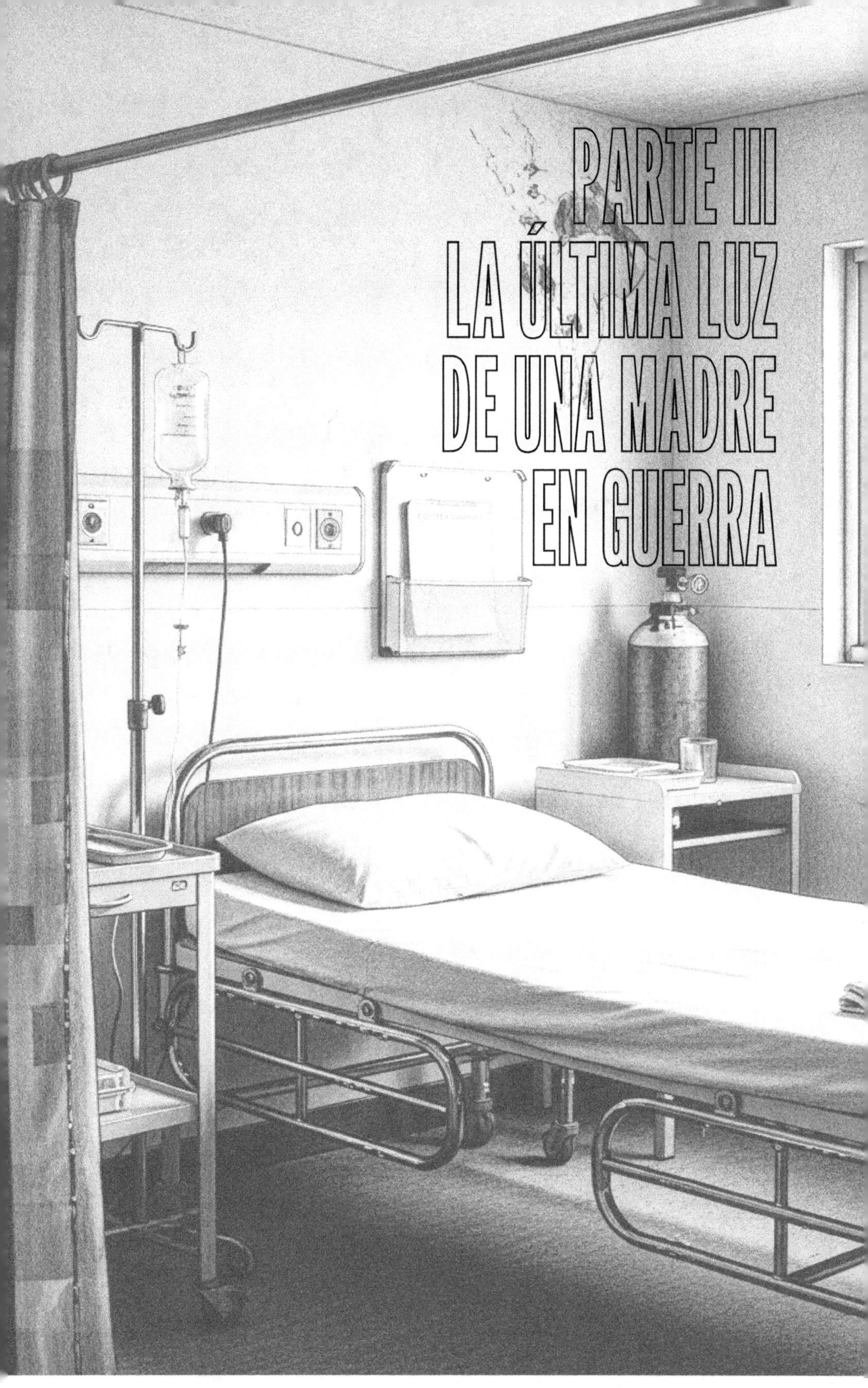

PARTE III
LA ÚLTIMA LUZ DE UNA MADRE EN GUERRA

Capítulo 24
Voces de un niño muerto

El hospital olía a desinfectante, a soledad y a desesperanza. Los techos descascarados, las luces parpadeantes, los gemidos perdidos en los corredores de gente que sufría día a día... todo era un recordatorio brutal de la fragilidad de la vida.

Después de ese maldito culatazo en su cabeza, a la señora Ana la habían llevado a urgencias. Al principio, pensaron que sería solo el golpe, una herida más entre tantas que cargaba de la guerra.

Pero los exámenes —la tomografía, los análisis y los chequeos periódicos— revelaron algo que nadie esperaba: un tumor profundo, viejo y silencioso, que llevaba años creciendo sin que nadie lo advirtiera.

El impacto no lo creó, pero lo despertó. Lo delató.

Los médicos, con ese tono seco que usan cuando la pobreza impide endulzar las noticias, le dijeron en medio de su desgracia que no había otra opción. Había que operar de inmediato y de no hacerlo, se estaría firmando su sentencia de muerte.

La cirugía fue larga, áspera y cuando despertó del sueño gris, su vida, ya no era la misma.

La señora Ana, con la cabeza vendada y el cuerpo consumido por su cirugía y la enfermedad, apenas lograba sostenerse en la cama metálica de la habitación 17.

El tumor que le habían extirpado le dejó secuelas invisibles: sus movimientos eran torpes, su visión se nublaba como una ventana empañada.

Ovidio la visitaba de vez en cuando, trayéndole frutas envueltas en papel periódico, alguna manta limpia y, sobre todo, el consuelo de no ser del todo olvidada. Pero la mayor parte del tiempo, la señora Ana estaba sola. Perdida entre enfermeras indiferentes, doctores que pasaban de largo y el eco de sus propios pensamientos.

Una tarde, mientras intentaba mantenerse despierta, una conversación en el pasillo le taladró el alma:

—Dicen que trajeron el cuerpecito de un niño anoche... —susurró una mujer de voz rasposa—. Pobrecito... estaba tan flaquito que parecía un pajarito mojado, mínimo lo tenía la guerrilla en sus manos.
—¿Y los familiares? —preguntó otra, más joven.

—Nada... Nadie ha venido a reclamarlo —respondió la primera—. Lo van a dejar en la morgue hasta que decidan qué hacer.

La señora Ana sintió cómo el corazón le daba un vuelco, como si una mano invisible lo apretara con fuerza. Un niño solo. Un niño muerto. En un hospital perdido en medio de la nada.

Su mente, débil pero lúcida, no tardó en atar los hilos.

¿Y si era Martín?

¿Y si su muchachito estaba ahí, tan cerca, esperando que lo encontrara... solo para despedirse?

La angustia la sacudió como un latigazo. No podía quedarse quieta. No podía.

Se levantó con dificultad. Las piernas le temblaban, pero la desesperación era más fuerte que el dolor.

Se envolvió la bata raída hasta los tobillos, se calzó unas sandalias viejas olvidadas bajo la cama y salió al pasillo tan lento como podía. El corazón le golpeaba el pecho como un tambor de guerra.

No debía estar de pie. No debía caminar. Pero hay dolores que pesan más que el cuerpo.

Avanzó arrastrando los pies, caminando chueco. Cada paso era una batalla. Cada respiración, una victoria mínima.

Las luces titilaban como estrellas moribundas. Se apoyaba en las paredes, esquivaba camillas, cuerpos dormidos en los pasillos, cortinas abiertas. Se escondía tras carritos de medicamentos cuando escuchaba pasos de enfermeras.

Mientras avanzaba, oía fragmentos de conversaciones flotando como humo:

—...el niño sin nombre...

—...una criatura, pobrecito...

—...no sabemos si fue abandono o guerra...

Sus rodillas flaqueaban, pero el alma la empujaba. Tenía que llegar. Tenía que verlo. No se lo perdonaría si no lo intentaba.

A lo lejos, vio la puerta de la morgue: una lámina gruesa en mal estado, con una ventanita cuadrada cubierta por malla metálica y un vidrio medio roto. Sobre ella, un cartel de madera torcida: MORGUE.

Su garganta se cerró. Sintió náuseas. Mareo. Pero avanzó.

Un paso. Luego otro.

Al llegar, apoyó la frente sobre el metal frío. No se atrevió a entrar. No todavía.

En esa quietud amarga, la señora Ana entendió que había llegado demasiado lejos para volverse atrás.

Pero también sabía que abrir esa puerta podía ser peor que la muerte. Podía ser la certeza del vacío absoluto.

Cerró los ojos y murmuró una oración entrecortada. No era una plegaria, era una súplica hecha de miedo y lágrimas:

—Diosito... si es él... déjame abrazarlo una última vez. Y si no es... dame fuerzas pa' seguir buscándolo...

La puerta chirrió apenas con el viento, como si el hospital mismo respirara. La señora Ana no entró. Sabía que ese paso no pertenecía a ese instante. No todavía.

Se quedó allí, temblando, entre el rumor de los muertos y el llanto de los vivos, sabiendo que lo que viniera después sería lo más duro de su vida.
La señora Ana apoyó su mano temblorosa sobre la manija helada.

No sabía si al abrir esa puerta encontraría a su niño…, o se perdería para siempre en el vacío.

Capítulo 25
Odisea en la morgue

Escuchó voces acercándose. Se volvió con torpeza justo a tiempo para ver a dos enfermeros empujando camillas cubiertas con sábanas blancas. Venían apurados, dejando un rastro de olor a sangre seca.

Uno de ellos, un hombre joven de rostro malgeniado por el cansancio, se detuvo al verla.

—Señora, no puede estar aquí —dijo, sujetándola del brazo con firmeza, pero sin violencia.

La señora Ana trató de soltarse, débilmente.

—Por favor... —susurró, con los ojos arrasados en lágrimas—. Mi niño... necesito saber si mi niño está aquí...

El enfermero suspiró, impaciente. El otro, que ya había entrado con los cadáveres, gritó desde dentro:

—¡Muévete, rápido!

El hombre tiró de la señora Ana, intentando llevarla de vuelta al pasillo.

—Vamos, doña, usted no puede estar aquí. Está muy mal. Venga, yo la acompaño a su cuarto — insistió.

Pero ella se plantó, clavada en el piso como una raíz vieja.

El dolor se le desbordó en la voz.

—¡Ustedes no entienden! ¡Es lo único que me queda en este mundo! ¡Es mi niño, mi Martín! ¡Déjenme verlo, aunque sea muerto! ¡Déjenme verlo!

El enfermero miró a ambos lados del pasillo, nervioso. Sabía que, si los vigilantes o el personal de dirección la veían allí, tendrían problemas. Pero también sabía otra cosa: había cierto tipo de dolor al que no se podía negar.

Maldijo por lo bajo y la soltó.

—Está bien. Cinco minutos. Pero si alguien nos ve, nos mandan pa'l carajo —murmuró, bajando la voz.

La señora Ana asintió, desesperada, secándose las lágrimas a manotazos.

El enfermero empujó ligeramente la puerta de la morgue. Un golpe de aire helado y un aroma cruel a formol y muerte los envolvió.

Ella entró primero, arrastrando los pies, como quien camina hacia el juicio final. Dentro, las camillas reposaban alineadas como esqueletos, cubiertas por sábanas que se movían apenas con el viento de un ventilador. Las luces parpadeaban. Todo era gris, frío, terminal.

El enfermero señaló hacia una camilla al fondo, junto al muro.

—El cuerpo pequeño está allá —dijo, sin poder sostenerle la mirada.

La señora Ana caminó hacia allá, cada paso desgarrándole el alma. Sentía que las piernas no le respondían, como si la vida se fuera soltando de su cuerpo, hueso por hueso.

Mientras avanzaba, desde alguna sala contigua se filtraban voces que hablaban de tiroteos, de cuerpos sin nombre, de niños atrapados en el fuego cruzado.

Sus oídos solo alcanzaban fragmentos:

—...no alcanzó a llegar...

—...apenas un niño...

—...era muy tarde...

La atmósfera se volvía cada vez más espesa.

La señora Ana apretó los puños. No era solo miedo. Era esa certeza cruel que nace segundos antes del golpe.

Llegó frente a la camilla. Sus manos temblaron al alzar la esquina de la sábana.

"A veces, la muerte no llega de golpe.
A veces se sienta junto a uno, paciente,
y espera a que el corazón se rinda solo"

Capítulo 26
La última promesa

El enfermero empujaba la silla de ruedas a toda prisa.

La señora Ana iba con la cabeza vencida hacia un lado, la piel marchita y pálida, los labios entreabiertos, como si apenas quedara un hilo de vida sosteniéndola.

Desde que salió de la morgue, algo en ella se había quebrado para siempre.

No lloraba. No gritaba.

Solo sus ojos, abiertos y empañados, parecían seguir buscando entre los pasillos a ese niño perdido que alguna vez le dijo: "Mamá".

La llevaron a su cuarto de sucias paredes blancas. La acostaron en una camilla dura, le conectaron sueros, le pusieron oxígeno, pero su cuerpo apenas respondía.

El médico la revisó en silencio. Un par de enfermeras cuchicheaban en la esquina, evitando mirarla demasiado. Uno de ellos, con la voz baja y resignada, murmuró:

—El tumor... siguió avanzando. No pudieron extirparlo del todo. Estaba adherido a áreas vitales de su cerebro...

—¿No hay nada que hacer? —preguntó el interno, como si aún buscara otra respuesta.

—Nada —contestó el médico, quitándose los guantes con resignación—. Solo esperar.

“Esperar.”

Qué palabra tan cruel para quien ha esperado toda la vida. La señora Ana parpadeaba lento. El techo se desdibujaba. Y entre ese blanco sucio, una imagen surgió como un milagro.

—Martín... —susurró.

Lo vio.

Allí estaba él, parado a los pies de su cama, mugriento, con los pantalones rotos, la carita tiznada de barro. Pero sonriendo.

Sonriendo como solo se sonríe a quien se ama más que a uno mismo.

La señora Ana alargó una mano temblorosa. No alcanzaba. Su voz era apenas un hilo:

—Mi niño... viniste...

El corazón, cansado de tanto dolor, de tanta espera, comenzó a fallar.

Su pecho subía y bajaba como olas a punto de romperse.

—No me dejes, Martín... —susurró con los ojos empañados—. No me dejes...

La señora Ana sentía que su corazón se partía en mil pedazos, pero con ese gran consuelo de ver sus ojitos mirándola, con la intención que siempre tenía de abrazarla fuerte y el desborde de amor que Martín siempre había tenido con ella.

La visión sonrió más amplio. Y aunque no hubo palabras, ella entendió:

"Su niño no la dejaba. Nunca la había dejado".

Así su mente siguiera con la fuerza y la fe intacta, su cuerpo viejo y delicado no resistió más.

La señora Ana soltó el aire con un suspiro tan leve que apenas movió el oxígeno de la habitación.

Su mano cayó a un lado, abierta.

Sus ojos, que buscaron incansables durante tanto tiempo, se cerraron lentamente.

Allí, en esa cama anónima, olvidada del mundo, murió la señora Ana.

Pero en su último latido, en su último suspiro, no estaba sola. Se fue abrazando la imagen de lo que más amaba. Se fue en paz.

Afuera, los pasillos siguieron su curso, indiferentes. Nadie lloró. Nadie gritó. Solo el eco mudo de una vida que resistió hasta el final, quedó vibrando en el aire.

Una promesa invisible, indestructible, siguió flotando como un susurro eterno:

“Estoy contigo, mi niño... estoy contigo, siempre.”

Esa misma noche, en un rincón remoto de la selva, un niño temblaba de fiebre sobre un catre destartalado.

De pronto, entre la bruma de su delirio, sintió una caricia tibia rozándole la frente.

No había nadie. Solo el viento. O quizá... algo más.

Martín abrió los ojos, confundido. Y aunque no pudo explicarlo, sonrió débilmente.

En su corazón, una voz dulce susurraba entre sueños:

“No estás solo, mi amor. Nunca lo estarás.”

Esa noche, mientras la vida de la señora Ana se apagaba en silencio, al lado de Martín, un viejo radio comenzó a sonar en la oscuridad del campamento.

Burbuja imaginaba que la pequeña bulla del radio ayudaría al niño a recuperarse.

Martín, aún débil sobre el catre de enfermería, abrió los ojos.

Una voz temblorosa y lejana, convertida en presentimiento, comenzaba a desgarrarle la noche. Todavía no lo sabía, pero lo que estaba a punto de escuchar... cambiaría para siempre el mapa de su alma.

PARTE IV
LA FUGA QUE DESAFIÓ A LA MUERTE

Capítulo 27
El rumor de los olvidados

La noche pesaba sobre el campamento.

La humedad subía del suelo y trepaba por los huesos, un frío mortal. Al lado de Martín, el pequeño radio de Burbuja, viejo y tembloroso, lanzaba zumbidos intermitentes entre las sombras.

Burbuja dormía, recostado contra un tronco, mientras vigilaba de reojo a Martín, que seguía tendido en el catre de enfermería, débil, perdido en su fiebre.

De pronto, el radio captó una señal.

La voz del locutor, rasgada y con interferencias, quebró el silencio:

—Aviso humanitario... Hospital de San Lucas informa... cuerpo femenino... adulta mayor... no reconocida por algún familiar... nombre... Ana Mari... estática... sin doliente que se haga responsable...

Martín abrió los ojos, como sacudido por un rayo. Su corazón comenzó a latirle en la garganta.

—Ana... Mari... —susurró.

La estática devoró el resto. Pero era suficiente.

El nombre. El hospital. La muerte. Una lágrima gruesa resbaló por su mejilla febril.

El radio siguió:

—De no ser reclamado el cuerpo de la señora en las próximas veinticuatro horas, será sepultado en fosa común... Repetimos...

Martín apenas podía moverse.

El cuerpo no le respondía, pero su alma gritaba por dentro.

¿Era ella? ¿No era? ¿Me está jugando sucio la mente?

Un torrente de imágenes lo arrasó:

La risa de la señora Ana sirviendo su coquita con arroz y huevo la última mañana que la vio.

Sus manos arrugadas peinándolo cada mañana, jalándole con cariño las orejas cuando no quería bañarse.

Su voz, aquella noche trágica, abrazándolo en la cama de su cuarto transitorio:

—Duérmase, mi niño... yo aquí estoy... a usted nadie lo va a tocar.

Y después... el ruido. Las botas. Los gritos.

La oscuridad densa de esa última noche a su lado. El pecho de Martín se comprimió.

Lloraba en silencio, tan hondo, tan roto, que el mundo entero parecía haberse apagado.

Burbuja, al escuchar los sollozos, se desperezó y se acercó, alerta.

—Dani... ¿qué fue lo que oyó? —le dijo, bajando la voz.

Martín, con voz apenas audible, respondió:

—Ana... escuché su nombre... creo que... —no pudo terminar.

Burbuja se sentó a su lado, acariciándole el cabello húmedo.

—¿Quién era ella para usted, Dani? Cuénteme.

Martín tragó saliva. Quería hablar, pero las palabras se le entrecortaban en el pecho. Finalmente, sacó fuerzas de su dolor.

—Ella... ella me salvó —dijo, apenas en un susurro—. Y pienso también en mis padres y mi hermano. Mis papás... eran gente tan buena que nunca merecieron lo que les pasó... mi mamá, Eli, siempre olía a jabón de ropa, delicioso, digno de una reina. Y mi papá, Fernando, tenía las manos grandes, siempre llenas de tierra... pero me levantaba en el aire como si fuera livianito, y me decía: "*Mi campeón te amo*". — Se le quebró la voz. —Mi hermano Julios... era como mi héroe. Hacía cometas conmigo. Me enseñaba a saltar ríos, jugaba y me enseñaba lo que sabía de escritura... un día, armó una cometa de color azul, y me dijo:

"Si la elevamos bien alto, mamá la va a ver desde el pueblo" —Martín apretó los puños, recordando. —Y Ana... ella... después de que todo se deshizo, ella me empacó mi última coquita... era arroz con huevo... me abrazó fuerte... y me dijo que orara. Que nunca soltara mi fe.

Las lágrimas no paraban.

Burbuja, al escucharlo, sintió cómo se le desgarraba algo por dentro. Recordó.

Recordó los ojos de su hija, grandes y curiosos, preguntándole por qué no volaban las mariposas de noche. Sus carcajadas cuando no entendía los cuentos que le contaba. La fragilidad de las manitos que tocaban su rostro diciéndole:

—Papá, te amo.

Recordó a su esposa, cantándole a la niña mientras cosía remiendos en su vestido favorito.

Cómo caminaban juntos los tres por los potreros llenos de flores hermosas.

Recordó también la sangre. Las casas ardiendo. Los gritos cuando los hombres armados arrasaron su vereda.

Cuando encontró los cuerpos… ya era demasiado tarde.

La guerrilla, esa misma a la que ahora servía, había robado todo lo que amaba.

Tragó saliva.

—Yo también perdí a mi familia, Dani. —dijo, con voz rota en pedazos.

Martín levantó la mirada, sorprendido.

—¿Tú?

Burbuja asintió.

—Ellos… estos mismos que hoy me tienen aquí… mataron a mi mujer y a mi niña. Yo entré buscando venganza, creyendo que, si me metía al monte, podía joderlos desde adentro. Pero esto… esto es como el barro, Dani. Entre más se patea, más hondo te mete. Y después no te suelta.

Se cubrió el rostro con las manos por un momento.

—He querido largarme tantas veces, Dani… pero uno aquí sabe demasiadas cosas. Y los que saben mucho, no salen caminando.

Respiró hondo, luchando con sus propios demonios.

—Pero a usted sí.

A usted yo lo saco, así me toque pagar con la vida.

Martín, con las lágrimas aún calientes en las mejillas, extendió su mano débil. Burbuja la tomó. Un pacto sellado sin necesidad de palabras.

En medio del horror, de la muerte y de la fiebre, dos corazones rotos encontraban algo que no sabían que aún existía:

Esperanza.

Mientras al lado, la radio seguía vomitando noticias de muertos, en ese rincón olvidado del mundo, nació un plan.

Y esa noche, en susurros, entre dos almas rotas, empezó la revolución más grande que jamás vivirían.

Amanecía lento, como si el cielo también dudara en dar un paso más. Martín despertó muy temprano con la garganta seca, los músculos entumecidos, y un peso nuevo alojado en el centro del pecho:

Una decisión.

Burbuja, sentado a su lado, parecía no haber dormido. Sólo lo miró, y con un leve asentimiento, le dejó claro que no estaban solos en eso.

El primer movimiento del plan debía ser tan invisible como un susurro. Pero cada segundo en ese campamento era un recordatorio brutal:

Si fallaban... no habría segundas oportunidades.

Capítulo 28:
El plan maestro

La enfermería parecía una tumba llena de frío.

El enfermero medio sordo, un hombre de rostro amarillento y manos temblorosas, dormía en su silla descobalada, ajeno al mundo. Allí, en ese rincón de olvido, nació la revolución.

Burbuja, con la mirada afilada, susurraba mientras los niños se inclinaban hacia él, formando un círculo cerrado alrededor de una vieja cobija estirada en el suelo.

Martín, ahora más que un niño, parecía un pequeño general.

Sus ojos, ennegrecidos por las noches sin sueño, destellaban una inteligencia fría y determinada.

—Esta vez no hay errores —murmuró Burbuja—. Si fallamos, no habrá segundas oportunidades.

Martín asintió. Su voz era un susurro firme:

—No vamos a fallar Burbuja.

La preparación no fue de un día.

Semanas de observar. Semanas de robar pequeños objetos: un alicate oxidado del armerillo, mientras organizaban los fierros, latas de atún de la cocina, entre otras cosas que podrían ayudar.

Todo era importante y agregaba valor al plan.

Semanas de repasar una y otra vez los turnos de los centinelas, las rutinas de los comandantes, los defectos y salidas del campamento.

Cada noche, después del conteo, bajo la excusa de curaciones lentas y vendas cambiadas, Burbuja los reunía. Debajo de una lona y sobre una cobija trazaban el mapa del campamento con piedras y ramitas.

Practicaban señales manuales:

Un puño cerrado: Alto.
Dos dedos en V: Avance.
Mano abierta: Peligro.

Dirigidos todos por la gran experiencia militar de Burbuja. El plan era hermoso y suicida a la vez.

Antes de todas las misiones, ya se había ejecutado una jugada silenciosa, pero letal y crucial para el pequeño ejército:

Burbuja, enterado de que la noche del escape se celebraría el cumpleaños de Machete en las carpas de los comandantes, había introducido licor adulterado en las provisiones de la fiesta, ya que confiaban plenamente en él. De paso, en el mandado del licor a la vereda La Ceiba, Burbuja también había dejado preparado algo en el camino. La intención era simple pero letal: asegurarse de que, para cuando llegara la hora de la fuga, los comandantes estuvieran lo suficientemente borrachos como para no distinguir en qué dirección había sido la fuga.

Punto de partida: Enfermería.

Primera misión: Burbuja se encargaría de cortar la luz

La planta, situada en el suroeste del campamento, rugía día y noche. Era alimentada por gasolina y controlaba la malla electrificada que rodeaba todo el perímetro.

Una noche antes del escape, Burbuja localizaría la línea de alimentación principal: un cable grueso, escondido entre arbustos, que corría desde la planta hasta la cocina.

El alicate robado en el armerillo días atrás, sería la herramienta perfecta para cortarlo.

Burbuja ya había practicado, había hecho el recorrido de madrugada, mientras fingía arreglar unas botas.

En cuanto cortara la electricidad esa noche, el campamento caería en una oscuridad total.

Segunda misión: Confusión total

Aprovechando la oscuridad repentina, Burbuja gritaría con voz potente:

—¡Movimiento sospechoso al norte! ¡Rápido, malparidos, muévanse!

Los camaradas correrían hacia la vieja entrada trocha arriba, a la entrada del norte, justo por donde Martín había sido ingresado al campamento.

Un error táctico inducido.

Tercera misión: Anular a los perros

Cuatro mastines muy agresivos custodiaban el perímetro, libres hasta cierta hora de la noche antes que los agarrara las ganas de roncar en cualquier lado.

Los niños, guiados por Burbuja, habían hurtado latas de atún. En la última reunión, Burbuja mezcló en ellas buenas dosis de tranquilizante líquido sustraído de la enfermería.

El contenido de las latas fue vaciado y enterrado en una bolsa cerca de la perrera improvisada.

Aprovechando la hora de la noche en la que, los perros eran guardados como el resto de niños del campamento.

La noche del escape, Elizabeth —la más sigilosa— sería la encargada de desenterrar, abrir la bolsa y lanzarles el atún silenciosamente.

Cinco minutos después, los perros dormirían como piedras.

Cuarta misión: La fuga

Con la electricidad cortada, los perros neutralizados y la guardia corriendo hacia el norte, los niños tendrían exactamente siete minutos para moverse. Siete minutos de sombra y terror. Siete minutos que se tardaría el encargado del suministro de gasolina de la planta en ir al lugar, destapar el cableado de la maleza y hacerle seguimiento hasta encontrar el corte. Ya Burbuja también lo había practicado. Absolutamente nada podía quedar al azar.

Martín, liderando en silencio, los guiaría desde la enfermería hacia el sur, bordeando el campamento:

- *Pasarían junto a la cocina de zinc (Oeste).*
- *Rodearían el campo de entrenamiento (Este).*
- *Cruzarían por detrás del armerillo.*
- *Evitarían las carpas de los mandos con pasos de pisa suave, como profesionales (Sur).*

Mateo, el más joven, pero de oído agudo, iría detrás de ellos, atento a cualquier ruido inesperado.

Su tarea: dar la alarma mediante un silbido especial aprendido en secreto.

Si escuchaban el silbido, todos debían esconderse inmediatamente bajo la maleza o cualquier otro lugar hasta recibir alguna orden de Burbuja.

Quinta misión: Llegar afuera, a la selva espesa fuera de la entrada sur

Y una vez cruzada, deberían correr monte abajo rápido hacia la espesura más profunda que los separaba de la vereda La Ceiba.

Burbuja los guiaría.

Habían ensayado mentalmente el trayecto decenas de veces.

Sabían que, a mitad del descenso, encontrarían la casa vieja: una estructura abandonada, semiderrumbada, llena de musgo y matorrales. Pero sería perfecta para cualquier desvare o algo que no saliera bien.

Su entrada trasera estaba bloqueada por alambres oxidados. Allí entraba en juego el alicate de nuevo: cortar el alambre, entrar en fila silenciosa.

Debajo del piso de madera, y como es costumbre en casas del campo, todas tenían como un zarzo subterráneo.

Burbuja había escondido: un pequeño morral con ropa vieja pero limpia para cada niño (gorritas, camisetas, pantalones largos). Tres latas de sardinas y pan duro. Una linterna con batería baja y una granada de mano.

Burbuja le había enseñado a Martín, en secreto, cómo activarla si todo salía mal.

"*Última defensa*", le había susurrado.

Sexta misión: Llegar a Pepe

Desde la casa vieja, y sin demorar, recorrerían dos kilómetros más, monte abajo, hasta llegar a una carretera secundaria donde Pepe, en una camioneta roja pick up, un volco viejísimo y oxidado, los esperaría.

Pepe, no se imaginaba a quién salvaría, solo eran pequeños favores que le debía a su gran amigo Burbuja.

El pueblo destino sería San Javier, un caserío olvidado al oriente de la Ceiba. Muchas noches atrás, cuando Pepe conducía su chivero hacia la vereda El Pantano, una mujer mayor —ya conocida en el pueblo— se le había subido con un llanto incontrolable, como si cargara el mundo entero en el pecho.

Pepe la miraba por el retrovisor central. Sus manos temblaban aferradas a la silla, y sus lágrimas caían sin pudor, nombrando una y otra vez a un niño que parecía arrancado de sus entrañas.

"Mi Martín... mi Martín..."

Pepe no preguntó nada esa vez; a veces el dolor tiene un idioma sagrado que uno no debe interrumpir.

Pero aquel nombre quedó flotando en su memoria, como un susurro que no se disuelve con el tiempo.

Sin saberlo, Pepe estaba a punto de cruzarse con el destino de ese mismo niño... aquel por quien su madre, la señora Ana, había buscado desesperadamente hasta casi desvanecerse.

Una vez en San Javier, buscarían ayuda militar en el campamento que había desde hace unos meses atrás en el pueblo.

Martín había jurado que volvería por los niños que no pudieran escapar esa noche.

Era su promesa de sangre.

Contingencias

Si alguno era capturado, debía gritar: "*¡Viento!*". Esa era la palabra clave para indicar que los demás debían seguir huyendo sin mirar atrás. Si la electricidad no se cortaba a tiempo, usarían la granada para crear una distracción mayor cerca de la planta (plan desesperado).

Si los perros no se dormían, Elizabeth como fuera tenía que resistir pegada a la puerta de la jaula hasta que algún milagro sucediera porque no habría más opciones. No podía ser descubierta y en algún momento cuando hubiera la oportunidad, correr bajo la maleza de nuevo a su jaula.

Nada podía quedar al azar.

Cada quien sabía su rol como si fuera una obra de teatro de vida o muerte.

Y, aun así, todos sabían en su alma una verdad irrefutable:

Tal vez no todos lograrían salir.

Pero morirían intentando ser libres.

Aquella última noche, reunidos bajo el parpadeo de una vela improvisada, Burbuja miró a Martín.

—¿Listo, comandante? —preguntó en voz apenas audible.

Martín no dudó.

—Listo, sargento. —Sonrió.

Las sombras a su alrededor parecieron inclinarse en señal de respeto.

La hora estaba cerca.

La selva se preparaba para abrazar a sus hijos fugitivos.

Burbuja apagó la vela bajo la lona con dos dedos húmedos.

El círculo quedó sumido en una oscuridad densa, pesada como un ataúd recién sellado.

Nadie habló.

Solo el murmullo lejano de la planta eléctrica seguía vibrando en sus cabezas, como el latido de un monstruo dormido.

Martín se puso de pie, el cuerpo temblando más de impaciencia que de miedo.

Cada quien sabía su papel. Cada quien sabía que esa noche después de la fuga, serían leyenda o ceniza.

Burbuja se agachó junto a él y, sin soltarlo, lo abrazó con fuerza. Un abrazo rápido, urgente, como quien entrega una promesa sin testigos.

En su oído, le susurró con voz ronca:

—Cueste lo que cueste, Dani... pase lo que pase... no mires atrás. No te devuelvas por nada del mundo, ¿me oyes? No por mí. No por nadie. Sigue corriendo hasta el final.

Martín, con la garganta anudada, asintió.

La hora estaba pactada.

La selva respiraba hondo.

Y en algún rincón perdido del campamento, la planta eléctrica ronroneaba su último suspiro.

Todo estaba listo.

Todo.

Faltaban solo unas horas. Faltaba solo un milagro.

Faltaba... nacer de nuevo entre la oscuridad.

Capítulo 29
El día más largo

El día amaneció cubierto de una bruma espesa en las montañas. La humedad se pegaba a la piel como una segunda costra, y el campamento entero parecía arrastrarse bajo un cielo de plomo demasiado pesado.

Martín se acomodaba en su rincón de la jaula, apretando las rodillas contra el pecho, nervioso como nunca.

Burbuja, desde lejos, le lanzaba una mirada casi imperceptible.

Todo debía seguir igual. Todo debía parecer normal.

Pero no lo era.

No ese día.

La noche anterior, el plan maestro había quedado trazado como una daga lista para ser desenvainada y empujada.

Y ahora... sólo quedaba resistir.

Todo se torció temprano.

Carbón se levantó echando fuego, pateando su carpa improvisada.

Buscaba su medallita de oro, esa misma que había guardado con devoción para su hija, y no la encontraba.

Los gritos no tardaron en romper el aire:

—¡Formación, hijueputas! ¡Todos al patio central, ya mismo!

Los guerrilleros se miraron entre sí, entre dormidos y temerosos, y salieron arrastrando las botas.

Los niños, desde las jaulas, apenas asomaban los rostros entre las rejas. Martín sintió un escalofrío terrible. Burbuja fue de los primeros en formar.

Carbón los hizo vaciar los bolsillos, sacar todo de sus mochilas, y traer lo que tuvieran en los catres.

Mientras revolvían sus pocas pertenencias, uno de los subalternos, mandado por Carbón, levantó algo del suelo: un frasco pequeño, vacío, que estaba al lado de las cosas de Burbuja.

Carbón se acercó como una fiera oliendo sangre.

—¿Y esta mierda qué es? —gruñó, girándose hacia Burbuja.

Burbuja, por un instante, se quedó en blanco, pálido como un papel.

La mirada de Carbón lo atravesaba.

—Era... no.... no sé... no sé qué hace eso ahí —balbuceó, improvisando a medias.

Carbón no respondió. Solo lo miraba con rabia contenida.

Otro guerrillero, rebuscando en los bolsillos del camuflado de Burbuja, encontró algo más:

Una hoja doblada y húmeda.

Carbón la arrebató, la desplegó frente a todos. Un esquema tosco del campamento. Rutas. Puntos. Marcas.

El silencio fue absoluto. Ahora sí, era la hora de llegada.

Martín tragó saliva tras la reja de su jaula mientras miraba y trataba de discernir lo que pasaba allá.

Los otros niños apretaban las manos con fuerza. No podían creer lo que estaba pasando.

—¿Qué putas es esto, Burbuja? —Carbón escupía las palabras—. ¿Quién carajos te mandó a dibujar esta mierda? Carbón estaba furioso, incontenible.

Burbuja apretó los dientes. Respondió sin titubear:

—Fue de la clase de orientación que está en el plan de entrenamiento, comandante. Es para los pelados. Pa' que se supieran ubicar aquí adentro, ¿recuerda? Fue su orden implementarlo.

Carbón lo miró largamente.

Un hilo de duda le cruzó los ojos. Estaba enceguecido. Carbón estaba tan nublado que ni se acordaba de esa orden.

Pero no bajó la guardia.

—Desde hoy, Burbuja queda de ranchero. Se me va pa' la cocina: desayuno, almuerzo y comida. ¿¡Sí me oyó, hijueputa!? Y ni se me acerque a los pelaos. ¡Ni una sola palabra con ellos!

Burbuja agachó la cabeza.

Sabía que era mejor obedecer que contradecir a este cabrón. Sabía que, por ahora, estaban vivos y había oportunidad de seguir con el plan.

Primera amenaza

A media tarde, el guerrillero encargado de los perros caminaba entre las jaulas.

Notó que uno de los mastines roncaba raro. Se acercó, refunfuñando. Se agachó a sobarlo, frunciendo el ceño.

Olió sus dedos. Detectó un tufo raro, medio rancio. Tal vez el atún que la pequeña había escondido.

Se quedó un instante pensando, pero justo desde las carpas alguien gritó:

—¡Compa, venga! ¡Machete pidió más guaro pa' la parranda!

El tipo bufó, se levantó, y se fue mascando maldiciones.

El mastín había olido y medio sacado la punta de la bolsa de la tierra. Aunque había probado algo de su líquido, la bolsa había quedado intacta.

Martín respiró.

Segunda amenaza

Carbón, desde su carpa, también había notado el comportamiento del perro a la distancia.

Cuando todo pareció calmarse y la fiesta empezó a subir de tono, salió. Caminó lento, como quien sigue un presentimiento.

Pasó por los cambuches.

Llegó a la perrera.

Se detuvo justo donde sobresalía un pequeño bulto de tierra removida.

Pero ni lo notó.

Solo observó al perro profundamente dormido. Frunció el ceño también. Pensó.

El frasco. La hoja. Ahora el perro.

—¿Qué hijueputas está pasando?

Algo no cuadraba.

Pero aún no lo tenía claro. Pero su malicia de sabueso era más grande que el campamento.

Escupió al suelo, y se devolvió a su cambuche, con el estómago apretado por la desconfianza.

Tarde tensa

El campamento desprendía por los aires: sudor, aguardiente y sospecha.

Burbuja, esclavizado en la cocina, se movía con cautela mientras miraba con mucha atención lo que pasaba por todas partes.

Martín, desde su jaula, intentaba mantener la calma entre los niños con palabras dulces y con mucho poder.

—Vamos bien —susurraba—. Confíen.

Elizabeth lloraba. Mateo oraba como sus padres le habían enseñado. Julián mascullaba insultos, renegaba más que nunca.

—Cierra los ojos, Mateo. Piensa en tu casa. En tu mamá haciendo arepitas. En el perrito que te lamía los pies, la cara y jugaba contigo todo el día. Piensa en lo que te espera allá afuera, que es tan bueno que ni te imaginas.

Y aunque por dentro el mismo Martín sentía el terror mordiéndole las tripas, su voz era un ancla.

Una promesa de que el infierno tenía fin.

Atardecer noche

Carbón, masticando sospechas, llamó a Burbuja cuando el sol ya caía.

La lona del cambuche se movía con el viento, un viento recio que daba matices de lo que estaba a punto de suceder.

Sobre la mesa: el frasco y la hoja.

—¿Algo que quiera decirme, Burbuja? Suelte ya esa mierda que sabe Burbuja —preguntó con voz rasposa, cargada de veneno.

Burbuja sintió que se ahogaba.

Cuando iba a hablar, casi con la garganta temblando y seca, el viejo enfermero apareció por la entrada. Arrastrando los pies, mascando su cigarrillo húmedo.

—Comandante... ese frasco lo había dejado por ahí. Era basura de la enfermería. A lo último del afán de atender a un camarada se lo pasé a Burbuja pa' que lo quemara o lo botara. Al parecer se le olvidó el recado.

Silencio.

Carbón lo miró fijo.

Luego bufó con rabia.

—¡Lárguense los dos, ya!

Burbuja salió como quien resucita, como quien respira por primera vez.

Esa noche, bajo las fogatas encendidas, Martín se abrazó a las rejas. Cerró los ojos. Y oro, no con fe, sino con precisión táctica:

"Planta cortada. Perros dormidos. Falsa alarma al norte. Fuga al sur. Casa vieja. Pepe en la carretera. San Javier. Libertad."

Sus labios temblaban. Su cuerpo también. Pero su alma no. El infierno apenas comenzaba, y eso era lo único que importaba.

Capítulo 30
Ejecución de la fuga

Corte de Electricidad

La oscuridad aún no había caído del todo, pero el cielo ya tenía ese color plomo de las noches peligrosas. Un ambiente tenso en medio del bullicio de los borrachos, gritos, palabrerías y risas se escuchaban allá en los cambuches.

Burbuja caminaba con paso firme pero tenso, como si supiera que cada metro podría ser el último. La planta eléctrica del campamento rugía bajo su cúpula de zinc.

El sonido era constante, como una bestia que nunca duerme.

A su alrededor, maleza tupida, ramas quebradas, huellas mojadas de animales salvajes.

Se agachó cerca de los arbustos del suroeste, donde el cableado grueso, escondido bajo tierra, salía por un tramo entre piedras.

Estaba justo por sacar el alicate de su bota cuando lo escuchó.

Un gruñido bajo.

Un resoplido.

Un perro.

Giró lentamente la cabeza. A solo cinco metros, uno de los mastines negros, como la noche lo miraba, con los dientes a medio mostrar.

Los ojos brillaban de rabia y de hambre.

Sin cadena... sin ganas de dejar algo vivo.

—Ese maldito perro no debía estar suelto.

Burbuja no respiró.

No se movió.

El perro dio un paso. Luego otro.

Gruñía más fuerte.

No tardaría en ladrar, en saltar y echarlo todo a perder.

Burbuja buscó a ciegas con la mano derecha. Tanteó entre las piedras, y sus dedos tocaron algo frío, liso y filoso.

Una piedra.

La tomó y la alzó lentamente, como un fantasma, sin hacer ruido.

El perro se agachó como quien se prepara para el salto.

Burbuja apretó los dientes.

Y le pegó con la piedra, con toda la fuerza del instinto.

¡TAC!

Le dio en la cabeza, en un costado de sus ojos endiablados.

El perro chilló brevemente y cayó de lado, aturdido. No muerto, pero noqueado. Movía las patas como si nadara en el aire.

Burbuja se encogió tras un tronco, esperando.

Treinta segundos.

Sesenta.

Silencio.

Solo el rugido de la planta y su propio corazón latiendo en la garganta y un miedo que no podía contener.

Salió.

Se agachó junto al arbusto.

Sacó el alicate.

El cable estaba ahí, como una vena negra.

Miró al cielo una última vez. Se echó la bendición. Pensó en su hija. En su mujer. En Martín.

Y cortó.

El rugido de la planta murió.

La oscuridad cayó de golpe sobre el campamento, como un parpadeo del universo.

Silencio total.

Luego, voces.

Pasos.

Confusión.

Burbuja se puso en pie.

Y con la voz que no sabía que tenía, desde la maleza, gritó:

—*¡¡MOVIMIENTO SOSPECHOSO AL NORTE, CARAJO!! ¡¡AL NORTE!! ¡¡RÁPIDO, SE NOS METIERON HIJUEPUTA!!*

El caos empezó.

Confusión en el Campamento

La oscuridad cayó con un golpe seco.

La planta dejó de hacer ruido.

Las carpas crujieron como si se encogieran de miedo.
Y por un instante… solo hubo silencio.

Demasiado silencio. Un absurdo silencio.

Burbuja esperó el sonido de las botas corriendo, los gritos, el caos…

Pero no pasó.

Dentro del campamento, los guerrilleros no reaccionaron como esperaban.

Algunos salieron de sus carpas con linternas.

Otros se quedaron quietos, tensos, con el fusil apuntando a la nada. El apagón no los hizo correr. Los hizo sospechar. Uno de ellos gritó:

—¡¿Quién fue el hijueputa que apagó esa mierda?!

—¡Debe ser la planta!

—¡No se muevan todavía, algo huele raro!

No estaban cayendo en la trampa.

Burbuja sintió cómo la sangre le subía al pecho como fuego.

El plan peligraba.

Desde el borde del monte, tragó aire con fuerza. Y entonces lo gritó, con todo lo que tenía:

—*¡¡¡MOVIMIENTO SOSPECHOSO AL NORTE, CARAJO!!! ¡¡¡LOS VI!!! ¡¡¡POR DIOS, LOS VI!!! ¡¡AL NORTE!! ¡¡¡SE METIERON POR LA TROCHA!!!, ¡¡¡RÁPIDO, PILAS, QUE NOS CAEN!!!*

Ese rugido sí partió el campamento. Varios reaccionaron como avisperos golpeados.

—¡¿Qué dijo?! ¡¿Quién vio qué?!
—¡¿Dónde está la malparida linterna?!
—¡Al norte, mueva ese culo, camarada, que nos jodieron!

Los primeros tres guerrilleros corrieron hacia la entrada norte.

Detrás de ellos más atrás, otros seis.

Carbón salió descalzo, furioso, y alzó el fusil:

—¡¿Quién apagó la planta?!
—¡No sé, comandante! ¡Hay movimiento por la trocha vieja!
—¡Arreglen esa vaina, rápido!
—¡Sí, mi comandante! —gritó el encargado del abastecimiento de la planta y salió como alma que lleva el diablo.

Carbón se masculló con rabia. Su sombra se perdió entre los cambuches, gritando órdenes sin sentido.

La confusión por fin se desató.

Pero no toda.

Al menos dos guerrilleros se quedaron junto a las jaulas y el armerillo.

—No me gusta esto —dijo uno—.
—Muy raro todo —respondió el otro—.
—Yo me quedo. Por si es una trampa.

Burbuja lo escuchó todo desde la maleza. Maldijo en voz baja. No podían mover a los niños si esos hombres no se alejaban.

Martín, desde la enfermería, lo vio todo a lo lejos. Estaba listo para sacar a sus dos compañeritos... pero había peligro cerca.

Era momento de improvisar.

Burbuja retrocedió por la sombra, y con su fusil, apuntó al aire. Disparó tres veces.

¡TAC TAC TAC!

El estallido de los disparos hizo saltar a todos los guerrilleros.

—¡¿Qué fue eso?!
—¡Se nos metieron!
—¡¡Eso sonó por la entrada norte... maldita sea!!
—¡Vamos!

Corrieron.

Solo entonces, el camino quedó libre.

Desde la enfermería, escondidos hacía mucho, mucho rato, habían esquivado el conteo en las jaulas por el desorden y la borrachera del encargado.

Este ni se dio cuenta de que faltaban niños.

Martín emergió con los dos niños.

La fuga... había comenzado.

Silencio entre Colmillos

Elizabeth, en la misma tónica, pero escondida en los matorrales detrás de las jaulas, empezó a moverse cuando la oscuridad cayó como un manto de barro.

La planta eléctrica se había silenciado.

Los gritos empezaban a crecer como fuego dentro de un hormiguero.

Avanzó agachada entre las sombras, sintiendo cómo cada rama crujía demasiado fuerte, como si el monte la delatara.

Tenía las manos sudadas.

El corazón le golpeaba las costillas.

La boca... seca.

Las linternas se movían como espadas luminosas sobre los cambuches.

Ella avanzaba por detrás de las jaulas mirando los niños que quedaban, pegada al suelo como una culebra sin veneno.

La perrera estaba cerca.

Solo tenía que llegar al punto indicado del plan. Allí, enterrada, estaba la bolsa con el atún podrido, su pequeña bomba silenciosa.

Avanzó.

Dos pasos.

Tres.

Escuchó un grito.

—¡Al norte, muevan esa mierda ya, rápido!

Se congeló.

Luego, los gritos de Carbón:

—¡¡¡SUELTEN LOS PERROS, GUACHOS HIJUEPUTAS!!!

El estómago se le apretó como un nudo de alambre. Corrió agachada los últimos metros y se lanzó contra el barro.

El olor la golpeó antes de ver la tierra removida.

Apestaba. Como muerto de tres días.

Escarbó con las uñas hasta que sintió el plástico húmedo.

La bolsa. Estaba ahí. La sacó con cuidado.

Tibia. Viscosa. Viva.

Una arcada le subió a la garganta.

No había tiempo.

Miró a la perrera a solo un metro.

Tres sombras la observaban desde dentro:

Tres mastines. Enormes. Despiertos.

Ladrando con furia, como si quisieran reventarla con sus colmillos.

Uno golpeaba la malla con fuerza.

Otro giraba en círculos, olfateando el aire, nervioso. El tercero jadeaba mirando en todas las direcciones.

Elizabeth se echó hacia atrás, se limpió el sudor con la manga, pero la mano le temblaba tanto que rompió la bolsa sin querer.

El contenido le cayó directo en los dedos. Caliente. Asqueroso.

Un vómito de pescado en descomposición.

—Mierda... —susurró, aguantando las náuseas.

Agachada, arrastró el cuerpo hacia la esquina de la perrera, donde una abertura de malla suelta dejaba pasar justo el brazo.

Los perros ladraban más fuerte.

El caos del campamento crecía.

Y ella sabía que solo tenía segundos.

Metió la mano.

Lanzó el primer manotazo de atún al interior.

Un perro se abalanzó.

Olió.

Comió con desesperación.

Los otros dos lo miraron.

Se acercaron.

Segundo manotazo.

Tercero.

La bolsa casi vacía.

El olor la mareaba, casi se vomitaba del asco que tenía.

Fue entonces que escuchó algo detrás.

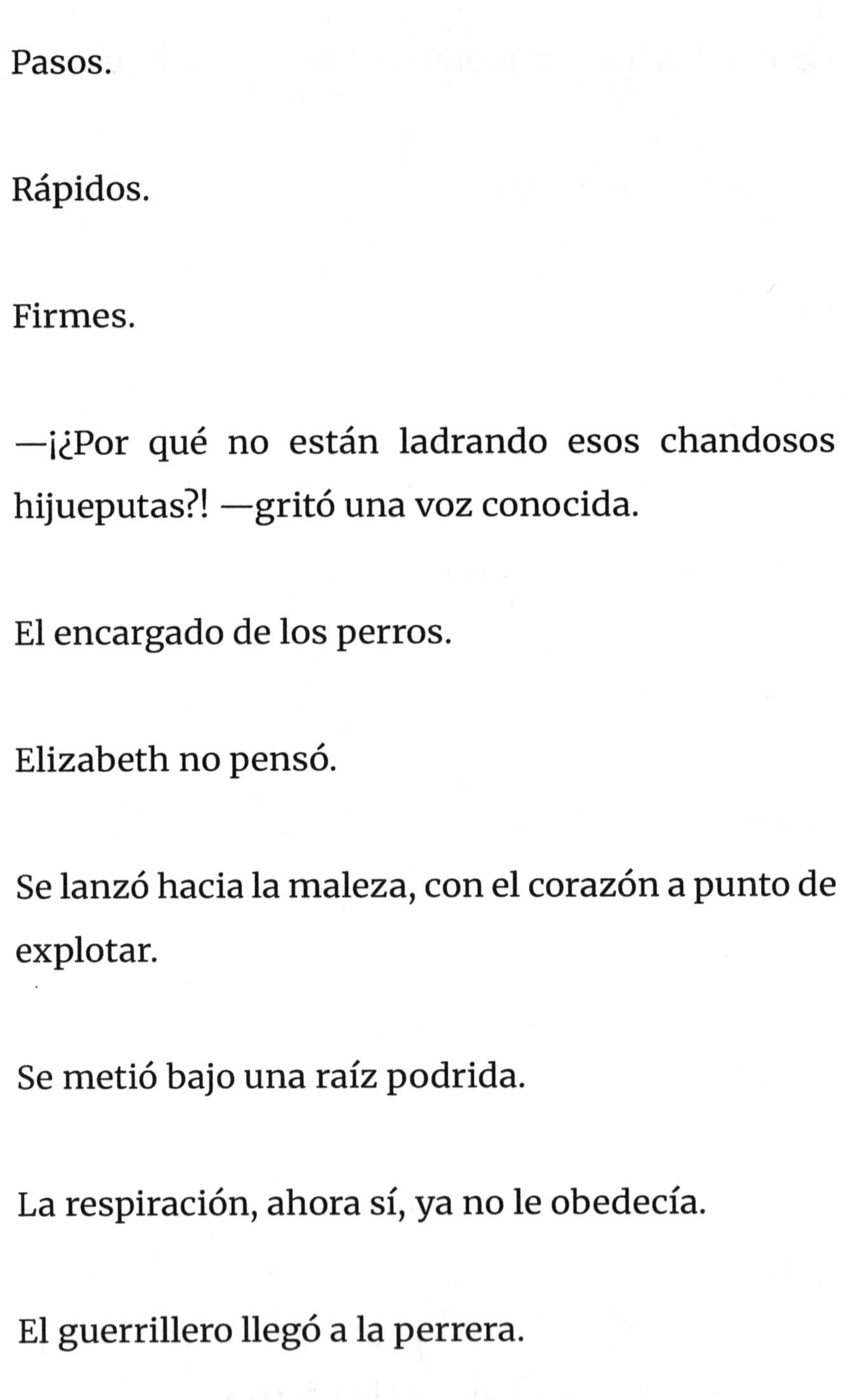

Pasos.

Rápidos.

Firmes.

—¡¿Por qué no están ladrando esos chandosos hijueputas?! —gritó una voz conocida.

El encargado de los perros.

Elizabeth no pensó.

Se lanzó hacia la maleza, con el corazón a punto de explotar.

Se metió bajo una raíz podrida.

La respiración, ahora sí, ya no le obedecía.

El guerrillero llegó a la perrera.

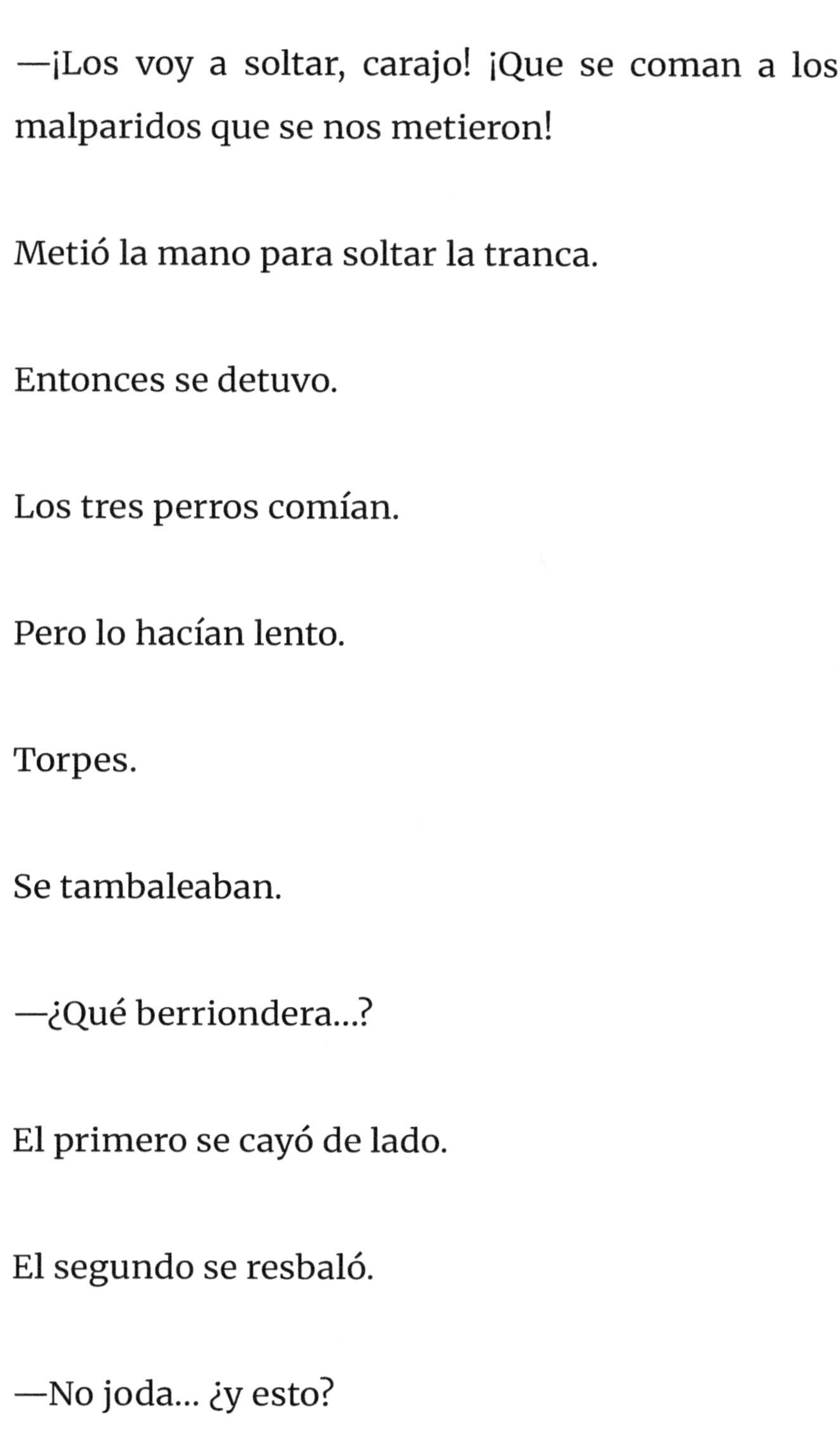

—¡Los voy a soltar, carajo! ¡Que se coman a los malparidos que se nos metieron!

Metió la mano para soltar la tranca.

Entonces se detuvo.

Los tres perros comían.

Pero lo hacían lento.

Torpes.

Se tambaleaban.

—¿Qué berriondera...?

El primero se cayó de lado.

El segundo se resbaló.

—No joda... ¿y esto?

El guerrillero solo sacó el que quedaba en pie.

—Vamos chandoso... vamos...

Elizabeth, desde la maleza, contuvo una risa histérica que se le enredó con el llanto.

Lo había logrado. Sentía el placer de la libertad. Los perros estaban dormidos. Eso pensaba ella.

Pero no terminó ahí.

Sintió algo.

Un crujido detrás.

Una respiración.

Giró apenas el rostro.

El perro salió detrás de algo. Apenas cruzó la reja. Venía olfateando el suelo, babeando.

Siguiendo el rastro del atún... o de sus manos.

Ella se pegó más al suelo.

La tierra le raspaba la mejilla.

El aire no entraba.

El perro se acercó.

Un metro.

Medio metro.

Estaba justo frente a ella.

La miró.

Gruñó bajo.

Y entonces...

Se tambaleó.

Giró como si se desorientara.

Y cayó.

Dormido.

A centímetros de su rostro.

Elizabeth no se movió durante casi un minuto. Estaba pálida. Aún con ganas de vomitar, pero ya del susto tan infernal.

Por fin, pudo respirar cuando el perrero se fue en otra dirección buscando el perro; se puso en pie con lentitud.

No miró atrás.

Se internó en la oscuridad.

Y con los pies arrastrándose, se dirigió a la salida sur.

La salida a La Ceiba.

Al punto de encuentro.

Había cumplido su parte. Y lo sabía.

Un segundo más...

Uno solo... y no lo estaría contando.

Los Pasos que No Deben Sonar

Martín los tenía tomados de la mano.

Los dos. Uno a cada lado.

Y aunque era el más pequeño del trío, sentía que el peso del mundo lo jalaba por los hombros.

La enfermería había quedado atrás, hundida en sombras.

La planta eléctrica ya no hacía ese sonido maluco. Solo se oía el croar nervioso de los sapos, el zumbido lejano de una linterna sacudiéndose, y los ecos de gritos partidos que venían del norte.

—Vamos… —susurró Martín, más para él que para ellos.

El barro les llegaba a los tobillos.

La maleza les rozaba las mejillas.

El miedo… ese sí, ya lo tenía hasta los huesos.

Frente a ellos: la cocina.

Una estructura ancha, caliente, viva.

Por detrás, no podían rodear.

Martín ya lo había visto: una fila de tipos armados, alertas, marchaba hacia el norte, bordeando el campamento por el flanco oeste.

—No podemos por ahí... —dijo con un hilo de voz.

El plan se torcía.

El tiempo se hacía más escaso.

Y la noche, en lugar de protegerlos, parecía tragárselos completos.

Entonces, lo supo.

Debían cruzar por dentro. Por la cocina. Martín respiró hondo.

—Síganme. Y no hagan ruido. Por nada.

Entraron.

El calor del fogón les dio un bofetón invisible. Olor a leña, a grasa rancia, a ropa chamuscada. Las sombras bailaban en las paredes de zinc. La oscuridad adentro era menos densa, pero más traicionera. Cruzaban pegados al muro izquierdo, a un paso del fogón.

Y entonces... pasó.

—¡Ay! —susurró el niño más pequeño.

¡CLANG!

Una torre de ollas cayó como un alud de acero.

El sonido estalló contra el piso de cemento como una explosión.

Se detuvieron. Todos. No respiraron.

El eco duró demasiado.

Y desde afuera… una voz.

—¡¿Qué fue eso?!

Otro respondió:

—¡En la cocina! ¡Alguien tiró algo!
—¡Voy a mirar! —gritó otro.

Silencio.

Martín sintió que el corazón le pegaba contra los dientes.

El niño del oído fino, con los ojos muy abiertos, apenas susurró:

—¡Viene uno! ¡Está cerca!
—¡Escóndanse ya! —dijo Martín, señalando con la mano, sin pensarlo.

Todo ocurrió en segundos.

El más pequeño se metió en una caneca de agua, llena hasta la mitad. Se hundió como pudo. Colocó la tapa encima. Solo dejó una rendija. Temblaba. Los dientes le castañeaban, pero no hizo ruido.

El otro corrió hacia el fogón de leña.

Se metió detrás del arrume de madera seca, quedando encajonado entre la pared de tabla y los troncos. Se apretó contra la sombra.

Martín, sin más lugar, salió por el costado de la cocina y se tiró al suelo, detrás de una pila de costales podridos. Desde ahí, con un hueco entre los costales, podía ver la entrada.

Pasos.

Pasos firmes.

Silenciosos.

Y la linterna.

Primero fue un haz de luz que cruzó la entrada como un cuchillo.

Luego el cañón de un fusil.

Y después... el miliciano.

Entró con calma. Con sospecha. Como un lobo que huele miedo.

—¿Quién anda ahí? —dijo, apuntando.

Pateó las ollas con rabia. Revisó bajo la mesa. Miró el fogón. Giró.

La linterna se posó sobre la madera.

Se detuvo.

El haz de luz tembló.

Martín lo vio.

Lo iba a encontrar.

El fusil se levantó.

La boca del arma apuntó.

—Ajá… —murmuró el guacho, afilando el tono.

Y justo ahí…

¡TAC!

Un sonido seco.

Letal.

Un golpe.

El hombre cayó como un costal de huesos.

Burbuja.

Había aparecido detrás, sin que nadie lo oyera. Con el fusil en la mano dándole un golpe certero en la cabeza. Con el aliento cortado. Se quedó quieto un segundo, mirando el cuerpo.

Martín salió de su escondite y corrió hacia los niños.

—¿¡Están bien!?

El niño de la madera salió arrastrándose, con la cara blanca como la cal.

—Sí...

Martín levantó la tapa de la caneca.

—¡Estás bien!

El niño estaba temblando, con los labios morados, empapado hasta las pestañas. Pero vivo.

Burbuja se acercó.

—¿Los tres?

Martín asintió.

—Sí. Los tres.

Burbuja los miró a los ojos, uno por uno. Luego arrastró a un rincón el cuerpo del guerrillero por los brazos.

—Sigan. Ahora. Yo me encargo de esto.

Martín dudó por un segundo. Se acercó. Le apretó el brazo a Burbuja. Fuerte.

—Gracias.

Burbuja bajó la mirada. Asintió sin palabras.

Los niños salieron. Se perdieron entre las sombras, con pasos cortos, casi sin respirar.

Burbuja, solo en la cocina, arrastró al tipo hasta detrás del fogón. Lo dejó allí, en ese rincón oscuro. Y antes de girar para seguir su camino, susurró entre dientes, para nadie:

—Dani... no te detengas.

El Borde del Acero

El barro. La humedad les lamía la piel como lengua de fiera. Y el aire... ya no era aire. Era cuchilla. Era plomo antes de ser disparado.

Martín avanzaba primero. Los pies adoloridos. La garganta seca como costra. Detrás de él, los dos niños arrastraban las piernas con miedo de sonar. El armerillo estaba ahí, latiendo.

No como un edificio. Sino como un monstruo despierto. Desde dentro salían voces, sombras, ruidos de cajas chocando, culatas golpeando madera, casquillos rodando por el suelo.

—¡Muévanse, malparidos! ¡Tenemos que estar listos por si nos caen los chulos!

—¡Fusiles por calibre! ¡¡No me revuelvan esas cajas, carechimbas!!

—¡Deme más munición, más pólvora, más mecha, que, si Mincho llega y no hay dinamita lista, me echa al río con todo y tripas!

Los tipos iban y venían como hormigas borrachas. Algunos con chalecos. Otros en pantaloncillos, a pie limpio. Todos con algo en las manos: balas, machetes, fusiles, cigarros encendidos.

Martín apretó los dientes.

—Por aquí no —murmuró.

Se agachó, dio la señal de desvío.

Burbuja apareció por detrás, con el fusil colgado a la espalda y el rostro empapado en sudor y tierra.

—Rodeamos por el flanco este —susurró—. Pegados al barranco. Si uno hace ruido...
—...nos matan a todos —completó Martín.

Burbuja lo miró. Y no dijo más.

Comenzaron a moverse. De uno en uno. Pegados al barro. Tocando con las manos la hierba húmeda para no perder equilibrio.

Atrás, el encargado del material gritaba:

—¡Esa granada no va ahí, gonorrea! ¡Va en la caja negra! ¡Negra, hijueputa! ¿Usted es bruto o ciego malparido?
—¡Tranquilo, viejo! ¡Es que estoy mamado!

—¡Todos estamos mamados, marica! ¡Pero a mí no me van a matar por culpa suya!

Martín, los otros niños y Burbuja habían pasado por el costado. Viendo el cargamento, las minas antipersonales, y un lanzagranadas tirado en el suelo.

Sintieron que, si respiraban fuerte, se les notaría el alma. Cuando por fin cruzaron el armerillo, los cambuches los esperaban como un cementerio con sombra.

Carpas viejas. Lonas húmedas. Cuerdas tensas entre estacas. Y dentro... los comandantes.

Burbuja alzó la mano.

—Silencio absoluto. Aquí viven los demonios.

Desde una carpa se escuchaba un radio con salsa vieja.

Desde otra, la voz aguda de un comandante borracho:

—¡Si mañana me mandan al frente, yo no me muevo! ¡Ni por el hijueputas me voy sin mi guaro!
—¡Déjelo tomar, patrón! Si igual no le pega ni a una vaca echada —decían sus guardias personales.

Risas. Botellas aun chocando. Cuchillos afilándose. Un comandante orinando contra un árbol con la pistola en la otra mano.

Martín se pegó al suelo.

El niño más pequeño comenzó a sollozar.

Temblaba.

—Shhhh... —susurró Martín—. Ya casi. Solo unos metros más.

Burbuja se le acercó.

—Dos minutos, Dani. Dos y se prende la planta otra vez.

—Ya lo sé —dijo Martín, sin mirarlo.

Avanzaron.

Entre carpas, botellas, y hombres dormidos. Uno se sentó de golpe, a medio despertar.

—¿Quién va ahí...?

Los niños se detuvieron.

Burbuja sacó el cuchillo.

El hombre se acostó de nuevo.

—Tanta mierda... escuchando voces ya... —y roncó otra vez.

Y entonces... la vieron.

La entrada sur.

El punto final.

La grieta entre las ramas que conducía a la Ceiba.

A la selva.

A la libertad.

Allí estaba Elizabeth. De rodillas detrás de un matorral esperando su arribo. Muda. Con el rostro cubierto de barro, los ojos encendidos como carbones.

—¡Vamos! —susurró—. ¡Vamos ya!

Corrieron hacia ella. Los cinco. Juntos otra vez.

Una niña. Tres niños. Un adulto quebrado.

Burbuja miró su reloj de guerra casi dañado.

—Siete minutos pasados.

Y justo entonces…

¡CLICK!

Un sonido seco. El zumbido eléctrico de algo que vuelve a vivir. Y luego… la luz.

Una luz como una espada.

Un reflector gigante, encendido desde una torre oculta tras los cambuches de los comandantes.

Les reventó la sombra.

Los dejó ciegos.

Los puso en la mira.

—*¡¡¡AHÍ ESTÁN, COMANDANTE!!!* —gritó una voz desde lo alto.

—*¡¡¡LOS NIÑOS!!! ¡¡¡LOS NIÑOS SE ESCAPAN!!!*

—*¡¡¡HIJUEPUTAS, CORRAN POR ELLOS YA!!!*

Y entonces...

El mundo se partió en dos.

Martín no pensó. Solo gritó:

—*¡CORRANNNNNNNNN!*

Burbuja se quedó detrás. Descargó el fusil al aire para frenar la persecución.

¡TA-TA-TA-TA-TA-TA!

Y los niños, por fin, por primera vez, corrieron hacia la selva... no como víctimas, sino como fugitivos valientes. Y detrás de ellos, como un eco, venía el infierno a su persecución.

Capítulo 31
El precio del camino

La luz blanca los partió en dos.

No fue solo el reflector. Fue el fin de la noche, el fin del plan, el fin de la esperanza tranquila.

El campamento entero los vio. Los apuntó. Los sentenció. Y la selva, que había sido silencio y sombra, se encendió con gritos, disparos y furia.

Martín no pensó y emprendió su huida a la libertad con los demás. Los niños se lanzaron al abismo de la selva sin mirar dónde pisaban.

Elizabeth, que era la más grandecita con Martín, los empujaba, los recogía, los sostenía.

Burbuja, en la retaguardia, se giraba, levantaba el fusil y disparaba hacia atrás. No para matar, sino para detener el infierno.

Las balas venían de lo alto, rompiendo ramas, cortando hojas, levantando pedazos de corteza como si fuera carne.

Carbón venía mucho más atrás, furioso como una bestia endemoniada con el resto de la tropa.

La selva rugía. La tierra se movía. El descenso era empinado, irregular, traicionero.

—¡Por la izquierda! —gritó Burbuja—. ¡Por el canal seco!

Martín apenas alcanzó a ver la señal.

Saltó con los niños entre las raíces. El barro los tragaba hasta los tobillos. Las ramas los arañaban como si quisieran detenerlos.

—¡No me sueltes! —gritó Mateo, uno de los más pequeños.
—¡Me duele la pierna!
—¡No importa! ¡Vamos! —dijo Martín con firmeza.

Burbuja se detenía cada pocos metros. Disparaba dos veces. Miraba atrás. Avanzaba. Volvía a disparar. Era un muro vivo entre los niños y la muerte.

En una curva estrecha, donde el camino se abría hacia una zanja profunda, Martín se giró y vio los ojos de Burbuja.

Y entendió.

Ese hombre estaba listo para morir.

—¡Detrás de esa roca! —gritó Martín.

Se arrastraron. Se escondieron. Los niños caminaban de rodillas como podían.

Julián se vomitó. Mateo casi se meaba encima del terror. Elizabeth jadeaba.

—No puedo más... no puedo más, Dani...
—Sí puedes —dijo Martín, apoyando su frente en la piedra fría, con su mano derecha en el cuello—. No hay opción... Escúchame, no hay opción.

Burbuja llegó segundos después. El sudor le corría por la cara. Tenía la boca seca. Los labios pálidos y rotos.

—Cargadores... vacíos. Solo uno. Y se va conmigo. —Martín tragó saliva.
—¿Hasta dónde?

Burbuja lo miró.

—Hasta donde ustedes no puedan mirar atrás. Sigan, sigan niños, no paren —susurró Burbuja con fuerza.

Volvieron a moverse.

Saltaron un pequeño arroyo de agua sucia en medio de la espesura de la selva.

Pasaron sobre un tronco caído cubierto de musgo. Martín y Elizabeth ayudaron a Mateo a trepar una raíz gruesa.

Cada paso era una batalla. Cada metro ganado... una deuda con la vida.

Más abajo, el monte se abría. Y el silencio volvió.

Ni gritos. Ni pasos. Ni disparos. Solo el viento.

Burbuja se detuvo.

Los hizo agacharse entre troncos viejos.

—Espérenme aquí. Voy a mirar. —Martín lo agarró del brazo.
—No.
—Solo unos segundos. Si no veo nada, bajamos todos.

Subió un poco y se internó entre la maleza.

Los demás quedaron congelados. Elizabeth se tapaba la boca con la mano. Uno de los niños lloraba sin hacer ruido.

Burbuja se agachó.

Miró.

Nada.

Ni un alma. Ni una voz. Ni un disparo.

Y entonces, se puso de pie. Fue en ese instante.

Desde lo alto, detrás de algún tronco o sombra en la montaña, le dispararon.

Una bala lo alcanzó por la espalda. Luego otra, más abajo. Su cuerpo se dobló. Se arqueó. Y cayó boca abajo, como si la selva lo abrazara.

Martín escuchó el ruido seco. Y sin pensarlo... se devolvió.

—¡No, Dani! ¡NO! —gritó Elizabeth.

Pero él ya no era un niño. Era la respuesta de una promesa rota. Corrió cuesta arriba. Las piernas le dolían, pero no se detuvo.

Lo encontró entre ramas. Boca abajo. El uniforme empapado en sangre.

Los dedos aún aferrados al fusil vacío.

—¡Burbuja! ¡NO! —dijo, cayendo de rodillas—. ¡No, no, no... por favor!

El hombre giró apenas el rostro. Sus labios temblaban. Sus ojos eran apenas una rendija.

Martín lo tomó por el cuello.

—¡Te voy a sacar de aquí! ¡A ti también!
—No... Ya no puedo.
—¡No me digas eso!

Burbuja temblaba. Se llevó la mano al bolsillo del pecho y, como pudo, temblando de frío, con sus últimas fuerzas, sacó un papel arrugado.

—Guarda...

No pudo decir más.

Las gárgaras de sangre se comían su voz como se come la neblina a la selva.

Martín lo recibió con manos temblorosas, con pavor.

—¿Qué es, Burbuja?

Burbuja respiró con dificultad, solo cerraba sus ojos con el dolor del alma, sabiendo que eran los últimos murmullos de la vocecita que había quedado de salvar.

Martín sintió que el aire se le iba. El tiempo se congeló por segundos.

Burbuja medio movió su cabeza hacia el lado y lo miró por última vez.

—Corre.

Trató de decir algo más. Pero la voz se apagó. Solo movió los labios. Un intento de gritarle que huyera. Pero ya no le dio.

Martín se inclinó, llorando desconsolado, pero en silencio. Lo abrazó fuerte por la espalda. Lo besó en la cabeza.

Quería morir con él, quería solo sentir sus últimas respiraciones recostado en su espalda, pero supo que tenía que tomar su gran decisión:

"Los niños que iban adelante y los que habían quedado atrás"

Y con esa frase de Burbuja martillando en su mente:

"Cueste lo que cueste, Dani... pase lo que pase... no mires atrás"

Se levantó.

Y esta vez... sí se fue. Sin mirar atrás, pero con el dolor más terrible que había podido sentir después de perder a sus padres y hermano.

Minutos después, la maleza se agitó.

Uno de los guerrilleros llegó hasta Burbuja. Lo vio tirado. Ensangrentado.

—Mírelo, pues... el salvador, el redentor hijueputa de los mocosos.

Le levantó el fusil.

Y con rabia... le dio un culatazo en la cabeza. El cuerpo no respondió más.

Y el monte..., otra vez en silencio. Pero ese tipo de silencio... al que no entierra, se lo come vivo.

La casa que respira miedo

Martín bajaba solo.

No corría. No huía.

Solo bajaba, como si cada paso le arrancara algo que ya no volvería a tener.

Los árboles ya no parecían árboles. Eran cruces. Eran testigos. Eran cuerpos sin nombre.

Llevaba las manos manchadas. El pecho sucio de tierra y sangre ajena. Y los ojos..., perdidos en otro sitio.

Elizabeth, jadeando, con las rodillas raspadas. Julián, con el ceño fruncido y la mirada encendida. Mateo, temblando como una hoja en plena tormenta. Solo miraban a Martín descender.

—¿Qué pasó?
—¿Dónde está?
—¿Dani?

Martín no hablaba. Solo sacudía la cabeza en negación. Una lágrima le cruzó el rostro. Luego otra.

Hasta que no pudo evitarlo. Los ojos se le llenaron y dijo, con una voz que no parecía suya:

—No.

Los niños se quedaron en silencio. Bajaron la cabeza. Y como si supieran que no haría falta explicar más, se abrazaron en círculo.

Sucios, con los pantalones desgarrados, los tobillos llenos de barro, las almas recién quebradas. Un grupo de niños solos, huérfanos de todo. Pero vivos.

Se separaron. Elizabeth tomó aire. Martín alzó la vista y señaló:

—Sigamos. Falta poco —dijo con voz desalentadora.

Y siguieron.

Arrastrando los pies. Los cuerpos. Y el duelo.

La selva, de repente, se abrió. La vegetación se hacía más baja. El camino, menos inclinado, y la noche, menos oscura. Y ahí estaba. La casa.

Una estructura vencida. Paredes torcidas. Tejas colgando. Dos ventanas como ojos vacíos. La puerta principal cubierta por escombros y ramas secas. Un lugar que parecía más un cadáver de casa que un refugio.

Se detuvieron frente a ella. Nadie se atrevía a dar el primer paso.

—Por ahí no entramos —dijo Julián, señalando la puerta—. Está sellada.

—Burbuja dijo que había otra entrada —murmuró Elizabeth.

—Sí —respondió Martín—. Por detrás.

Rodearon la casa.

Al llegar a la parte trasera, lo vieron: una ventana, con vidrios rotos, apenas sostenida por una bisagra oxidada.

Justo al lado, alambre grueso y oxidado envolvía los restos de una puerta doble, cerrada como si alguien hubiera querido evitar que algo escapara, más que impedir que alguien entrara.

—El alicate... —dijo Mateo—. Burbuja lo tenía en su pantalón...

Martín bajó la cabeza. No había vuelta atrás. La puerta estaba perdida. Había que entrar por la ventana.

—Aléjense —dijo.

Se quitó la guerrera que le habían obligado a llevar. Ese uniforme de guerra que ya no era suyo.

La envolvió en el puño. Golpeó el vidrio. Y...

Los pedazos cayeron como dientes podridos. El olor los golpeó de inmediato: orina vieja, encierro, madera podrida, humedad rancia.

Uno por uno fueron entrando. Elizabeth ayudaba desde dentro. Martín empujaba desde afuera. Mateo se quedó trabado. Julián lo jaló. Al fin, todos dentro.

Y entonces, el horror.

La casa estaba hueca por dentro. Pero no vacía. Había rastros. De gente. De tortura.

Una silla de metal oxidada con correas colgando. Un balde rojo con manchas secas. Una cuerda atada a una viga. Unas botas militares cubiertas de polvo.

Las paredes tenían agujeros.

Algunos de bala, otros con ganchos oxidados que aún colgaban del techo.

Nadie habló. Ni un suspiro.

Solo pasos sobre el piso de madera, que crujía como huesos viejos.

—La mochila —susurró Elizabeth—. Burbuja dijo que estaría aquí...

Julián fue el primero en buscar. Apartó un tapete podrido que cubría una esquina. El tapete estaba manchado. Negro. Y aún húmedo.

—Aquí —dijo.

Tocó con el pie. Era una tapa de madera.

Martín se acercó. Levantó la compuerta. Un olor más profundo, más húmedo. Un espacio oscuro. Un zarzo subterráneo.

—Métanse —ordenó—. Rápido.

Martín se quedó quieto, en el centro del cuarto. No miraba a nadie. No hablaba. Mateo se le acercó.

—¿Burbuja viene?

Martín no respondió. Solo negó con la cabeza. Los ojos vacíos.

—¿Y ahora qué, comandante? —dijo Julián, seco.

Martín se giró con rabia. Le iba a gritar. A golpear. Pero se detuvo. Y se desplomó, arrodillado. Sacó el papel arrugado que Burbuja le había dado, temblando.

No lo miró. Pero si lo empuñó con mucha rabia e impotencia. Ni siquiera podía abrirlo del dolor. Se lo guardó en el pantalón. Cerró los ojos. Respiró. Tembló. Lloró en silencio.

Mateo se acercó otra vez.

—¿Ese señor era tu papá?

Martín abrió los ojos.

—No. —Guardó silencio un segundo. —Pero fue el único que quiso salvarnos.

Se dobló. Apoyó las manos en el piso. Y ahí, por fin, lloró como nunca.

Elizabeth se le acercó. Lo alzó como pudo. Lo abrazó.

—Hay que buscar la mochila —dijo con voz temblorosa.

Fue entonces cuando Mateo se giró hacia la ventana.

—Vienen —susurró—. Vienen por la montaña...

Todos se quedaron congelados.

Martín se levantó.

—¡Al zarzo! ¡YA!

Entraron uno por uno.

Ni tiempo para cambiarse. Ni para pensar. Solo se metieron. Se acurrucaron. Se abrazaron a la mochila. Los ojos como platos.

Desde abajo... miraban las rendijas del piso.

Y entonces... pisadas. Pasos. Voces.

—Aquí alguien entró —dijo uno.
—Miren los vidrios en el piso.
—Hay huellas.
—¡Registren esta mierda!

El suelo temblaba.

Las botas retumbaban encima de ellos.

—¿Y si están abajo?

—¿Dónde?

—Esta casa tiene zarzo subterráneo, comandante.

—Revísela toda. Pero rápido.

Uno de ellos descubrió la tapa del zarzo.

La vio en toda la esquina.

Lentamente se dirigió y se paró encima de ella, mirando, respirando lento.

Mandó su cochina mano para levantarla.

Los niños solo le veían su endemoniado rostro por las rendijas. Se querían orinar del miedo.

Mateo tapaba su boca con las dos manos. Martín tenía la cabeza contra la tierra. Elizabeth rezaba en silencio.

Y entonces...

—¡Ya!

—¡Nada! —gritaban unos afuera.

—¡Aquí no hay nadie!

—Vámonos.

—Los mocosos deben estar más abajo.

—Vamos por ellos.

El sujeto que estaba encima de ellos gritó:

—¡Aquí... aquí... hay!...

—Nada, vámonos, vámonos. Es una orden.

—Qué mierda —exclamó el sujeto y salió con impotencia y sospecha.

En ese momento, cuando se fueron, volvió el alma que se había despegado de sus cuerpos.

No querían moverse, estaban tiesos como muñecos. Tardaron cinco minutos en salir. Casi cagados del miedo.

Cinco minutos de no moverse. De no respirar.

Martín fue el primero en abrir la compuerta del zarzo.

Agarró la mochila y salió. Miró por la ventana.

Nada.

—Vámonos... Ahora.... Ya.

Ni tiempo habían tenido de descansar, de verificar las cosas en la mochila. Salieron, rodearon la casa y se escurrieron sigilosamente por una trocha paralela.

Abajo, muy abajo, muy diagonal a ellos, solo veían las luces de las linternas mientras el murmullo y el eco de sus voces desaparecían con el viento.

El monte seguía oscuro, pero ya olía a madrugada.

Bajaron a toda prisa sin detenerse, por ese lado de la trocha que no tenía camino. Sabían que no podrían encontrarlos. No sabían si llegarían.

Lo que importaba era su fe intacta en la libertad. Algo se les ocurriría más abajo. Ya faltaba poco.

Solo unas cuestas más y, al final, el barranco que separaba una carretera en trocha. Llegaron y se tiraron como pudieron.

Y entonces lo vieron.

A lo lejos, detrás de ellos, como a 500 metros. Dos luces. Un motor. Una pickup roja.

—*¡PEPE!* —gritó Elizabeth con las fuerzas que le quedaban.

Pepe miró y sintió el taco seco que bajaba por su garganta.

Solo arrancó la camioneta con violencia y prisa para poder alcanzarlos, quinientos metros adelante. Con desespero llegó.

—¡Niños! ¡Burbuja! ¿Qué pasó?

Nadie contestó. Solo subieron.

Pepe los miró por el retrovisor.

Martín iba abrazando la mochila como si le protegiera el alma. No hablaba. Nadie hablaba.

Solo el viento. Solo el motor. Solo el miedo respirando bajito.

Entonces, en medio del traqueteo del camino, Martín giró la cabeza. El monte seguía ahí. Oscuro. Pero más atrás, algo no lo dejaba tranquilo.

Pensó en Burbuja. En la nota. En lo que dejaron atrás. En lo que podía venir detrás.

Y lo supo.

No era suficiente huir. Había que cerrar la puerta.

Metió la mano en la mochila. Sacó la granada. La que Burbuja le había puesto en la mochila como quien entrega una decisión.

La sostuvo. Le pesaba más que todo el viaje. Pero sabía qué hacer. Sin decir nada, se puso de pie en el volco. Pepe gritó:

—¡¿Qué hacés, muchacho?!

Martín ya le había quitado el seguro.

Contó...

Uno... Dos... Tres...

La lanzó con fuerza, apuntando a un árbol seco al borde de la carretera.

El estallido no fue solo ruido. Fue decisión.

El árbol se vino abajo, arrastró lianas, tierra, piedras, cerró el camino como si la selva también los quisiera proteger.

Martín se sentó otra vez. Temblando. Pero firme.

Pepe los miró una vez más. Y sin poder con el nudo en la garganta, murmuró:

—¿Qué les hicieron a estos muchachitos?, por Dios...

Capítulo 32
San Javier: tierra sin promesas

El motor de la pickup traqueteaba como si también estuviera huyendo.

Pepe no decía una sola palabra. Tenía la mirada fija en el camino, los nudillos blancos sobre el volante, el ceño marcado por la urgencia. Desde el asiento del copiloto, solo se escuchaba el golpeteo del corazón de los niños, aunque nadie lo dijera.

Atrás, en la cama del carro, Martín abrazaba la mochila como si aún llevara un cuerpo adentro.

No hablaba. No pestañeaba. Tenía las manos manchadas de tierra y sangre seca. Su rostro parecía de piedra.

A su lado, Elizabeth no parpadeaba tampoco, parecía traumada. Tenía barro seco hasta las mejillas, una herida abierta en el brazo y los labios agrietados. Mateo tenía los ojos vidriosos, la cara contraída por el miedo, y se sujetaba a la camisa de Martín con los dedos morados. Julián iba encorvado, jadeando, con las uñas negras de tanto cavar tierra con las manos.

Pepe tragó saliva y giró a la derecha. San Javier se levantaba como un murmullo: un caserío de madera, callecitas de piedra, techos de zinc encorvados y un silencio descomunal.

Más adelante, una pequeña base militar se alzaba como una isla rodeada de trincheras: portón metálico, sacos de arena apilados, y una garita iluminada por una luz tenue.

De fondo, una bandera tricolor manchada de polvo.

—Allá es —dijo Pepe mirando por el vidrio de su espaldar—. La base.

Martín ni se inmutó. Los otros apenas levantaron la cabeza. Bajándose, el soldado en la garita los apuntó con el fusil.

—¡Alto! ¿Quién viene ahí?

Pepe frenó. Se bajó sin apagar el carro, con las manos arriba, los ojos rojos y una furia contenida en cada palabra.

—¡Soy Pepe! ¡Traigo tres niños... y una verdad que no van a querer oír!

El soldado lo miró con recelo.

—¿Qué dijo?

—¡Que estos niños escaparon de un campamento guerrillero! ¡Que vienen de la selva! ¡Y que, si no los dejan entrar, se les mueren en la puerta, hijueputa!

El soldado tragó en seco. Levantó la mano.

De la base salieron tres hombres armados, todos con uniforme sudado y cara de no dormir bien hace días.

El que iba adelante era mayor, cicatriz en la ceja y una voz que mordía.

—¡Bájense del carro! —ordenó sin rodeos.

Los niños no se movieron.

—¡YA DIJE! ¡ABAJO!

Martín fue el primero en bajar, tambaleando, con la mirada en el suelo. Elizabeth lo siguió, con las piernas temblando.

Julián apenas sostenía su propio cuerpo. Mateo tuvo que saltar del volco porque ya no podía caminar bien.

Los soldados se quedaron mirando. Uno soltó en voz baja:

—Dios mío...

Estaban deshidratados, heridos, con los pies llenos de ampollas, los labios partidos y olor a selva, a sangre y a orina.

Uno de los militares se acercó a Martín.

—¿Qué te pasó, niño?

Martín no respondió.

El soldado le levantó la manga. Las marcas en su brazo parecían hechas por cuerdas, como las de un animal amarrado.

—¿Quién te hizo esto?

Silencio.

Pepe avanzó un paso.

—Se los hizo la guerra, señor. No un nombre. No un bando. La guerra.
—¿Y usted qué tiene que ver con esto? —espetó otro.

Pepe lo encaró.

—¡Yo fui el que los recogió en mitad de la madrugada! ¡El que los salvó cuando ustedes estaban aquí, comiendo ración militar y durmiendo en colchonetas!
—Cuidado cómo habla, señor.
—¡No! ¡Usted tenga cuidado con cómo mira! Porque lo que viene ahí —señaló a los niños— no son animales ni guerrilleros ni espías. ¡Son niños! ¡Mírelos bien! ¡Mire cómo caminan! ¡Mire

cómo tiemblan! ¡Mire las costillas marcadas y los ojos apagados! ¿Ustedes saben lo que es enterrar a alguien con las manos y salir corriendo con el alma rota?

El oficial mayor alzó una mano.

Silencio.

—Llévenlos al cuarto de reconocimiento —ordenó—. Que los revise el enfermero. Y que alguien despierte al capitán. Ya.

Martín no dijo nada mientras lo escoltaban hacia la base. Pero su mente ya entendía que, aunque la selva había quedado atrás... el peligro todavía los rodeaba.

Y lo peor aún no había llegado.

Reconocimiento, cuidado... y ojos que vigilan.

Los llevaron por un pasillo de concreto frío, con olor a cloro y metal mojado. No parecía una base militar... Parecía una promesa de descanso.

Martín caminaba al frente, con la mirada al suelo. Mateo iba detrás de él, aferrado a su camiseta como si fuera una cobija. Elizabeth ayudaba a Julián, que casi no podía con su cuerpo.

Los soldados los escoltaban en silencio. Los ingresaron a un cuarto pequeño, con una camilla, un lavamanos, una luz amarilla colgando del techo, y un ventilador medio malo que apenas giraba.

Allí los esperaba un enfermero joven, de rostro limpio, sonrisa sincera y manos ágiles.

—Tranquilos... —dijo con voz cálida—. Nadie les va a hacer daño aquí.

Martín lo miró con cautela.

—¿Dónde está Pepe?

—Afuera. Esperando. Insistió en quedarse. Lo vamos a interrogar también. Pero ustedes... primero ustedes.

El enfermero señaló una esquina donde había tres baldes con agua tibia, un jabón rajado, y unas toallas grises.

—Quítense esa ropa. No más uniforme. No más guerra.

Martín se quedó inmóvil. Mateo también. Elizabeth fue la primera en reaccionar.

—Vamos —dijo con voz temblorosa—. Nos hace bien.

Empezaron a quitarse las botas. Las medias empapadas.

Los pantalones rotos, la camisa curtida, la mugre pegada como piel extra. La ropa cayó al suelo como una serpiente muerta.

Y entonces... el enfermero los vio. Se quedó congelado. El jabón en su mano se le resbaló por la sorpresa.

Los huesos sobresalían. Las costillas eran mapas dibujados sobre la piel. Las rodillas hinchadas y llenas de costras. Cicatrices negras en los brazos, golpes amarillentos en las costillas, raspaduras infectadas en las espaldas. Las clavículas de Martín parecían alambres. Las piernas de Julián temblaban como de anciano. Los dedos de Mateo estaban morados de tanto frío.

El enfermero tragó saliva. No dijo nada. Pero los ojos le brillaron de rabia contenida.

—Dios mío... —susurró al fin.

Cuando el agua tibia les tocó la piel, fue como una caricia de otro mundo.

Martín cerró los ojos. No lloró. Pero sintió algo más hondo que el llanto: la memoria del cuerpo limpio. La sensación de no oler a miedo ni a sangre.

El enfermero, aún impactado, buscó la mochila que habían llevado. Sacó la ropa que Burbuja les había conseguido.

—¿Esto es de ustedes?

Martín asintió.

—Es lo que tenemos.
—Entonces... es lo que vale —dijo el enfermero con una sonrisa leve, forzada por la impotencia.

Les entregó camisetas de algodón raídas pero limpias, pantalones largos, gorritas viejas. Nada combinaba, pero servía.

Cuando terminaron de vestirse, les dio una taza con algo caliente. Sopa espesa. Caldo con papa y arroz. Y pan fresco.

Mateo lo olió y rompió a llorar.

—Tranquilo —dijo el enfermero, dándole palmaditas suaves en la espalda—. Coman. No se pregunten nada por ahora. Solo coman.

Pero mientras tragaban a sorbos, en la puerta, había un soldado. No hablaba. No se movía. Solo los observaba.

Su uniforme estaba limpio. Tenía el rostro serio. Los ojos... quietos.

Martín lo notó. Lo miró un segundo. El hombre bajó la mirada. Y salió.

—¿Quién era ese? —preguntó Elizabeth.
—No lo sé —dijo Martín. Pero lo recordaría.

Afuera, Pepe discutía con un capitán joven que acababa de llegar en moto desde el caserío.

—Yo los saqué, sí. Pero ustedes tienen que cuidarlos —decía con la voz quebrada—. Esos niños no son testigos. ¡Son sobrevivientes! ¡Y no están seguros ni aquí!

El capitán lo miró con cansancio.

—¿Y usted... cómo sabe que no los enviaron como carnada?

Pepe lo fulminó con los ojos.

—Porque yo tengo ojos. Y corazón. Y porque lo viví, no lo estudié en un mapa.

El capitán chasqueó la lengua.

—También lo vamos a interrogar, señor. Solo protocolo.

—Interrógame, hijueputa —dijo Pepe—. Pero después de que esos niños estén protegidos.

Y el capitán no dijo nada más.

Dentro, el enfermero terminaba de vendar el tobillo inflamado de Julián, mientras Martín se limpiaba una herida superficial del brazo con agua oxigenada.

Todo era silencio. Todo era precario.

Pero por primera vez en semanas... no había gritos. Aunque la calma... no duraría mucho.

Las preguntas y la traición.

La tarde avanzaba con un silencio espeso.

En la enfermería, los niños dormían. Tapados hasta el cuello. Aún con el miedo pegado en los huesos, pero en reposo.

Martín estaba echado de lado, con el brazo bajo la cabeza y la otra mano sujetando la mochila de Burbuja. Elizabeth, sentada a los pies de su camilla, lo vigilaba como un centinela. Julián roncaba apenas, y Mateo se había dormido abrazando una toalla como si fuera un animalito de trapo.

El enfermero, ahora más tranquilo, les había dejado un poco de pomada para las rozaduras, agua tibia y un tazón de caldo por si se despertaban. Caminaba despacio entre ellos, acomodando cosas, observando, con una ternura silenciosa que parecía vieja para lo joven que era.

A unos metros, recostado en uno de los muros del pasillo, estaba el soldado. El mismo que los había mirado durante el baño. El que se quedó parado en la puerta mientras comían. El que no preguntaba nada. Solo observaba.

Martín lo había notado, claro que sí. Desde el inicio.

Había aprendido a sentir cuando alguien no solo mira... sino vigila.

Ese hombre no tenía rostro de amenaza inmediata, pero había algo extraño en su quietud. Algo que se parecía a los hombres que custodiaban el campamento en las madrugadas.

La misma frialdad. La misma forma de quedarse quieto sin pestañear.

Todavía nadie lo sabía, pero en su litera —doblado bajo una franela vieja— guardaba un pequeño radio de telecomunicaciones.

Dormido para el mundo. Despierto para quienes aún lo esperaban en la selva. Pero no había dado ningún aviso.

Aún no.

Porque aún... no sabía lo suficiente.

Mientras tanto, afuera…

—Vaya a comer algo, don Pepe —le dijo un soldado raso—. Le guardamos puesto aquí si se demora.

Pepe dudó. Miró hacia la enfermería.

—¿Y si se despiertan?
—Les avisamos que usted fue a almorzar —respondió el soldado con tono amable—. Tranquilo, no se van a ir sin usted.

Pepe asintió.

Dio unos pasos hacia la salida, como quien no confía ni en el aire. Tenía el cuerpo molido, pero los ojos más vivos que nunca.

Cruzó la calle de tierra del caserío, pasó frente a una casa con ventanas tapadas por trapos viejos, y llegó al restaurante de siempre: “Comidas Sencillas Doña Mela”.

Se sentó en una mesa pegada a la pared, al lado de un afiche de aguardiente descolorido. Pidió lo que más le gustaba comer: fríjoles, arroz, tajada y carne guisada.

No tenía hambre, pero el cuerpo le pedía algo. Lo sirvieron rápido.

Estaba por llevarse la primera cucharada a la boca cuando un hombre se sentó frente a él. No lo conocía. No lo había visto antes. Y ni siquiera lo saludó. Solo lo miró. Con una sonrisa leve, como de quien reconoce algo.

—¿Ese carro rojo es suyo?

Pepe lo miró de frente.

—¿Y usted quién es?

El hombre no respondió. Dejó dos monedas sobre la mesa y se puso de pie.

—Buen provecho —dijo. Y se fue.

Pepe se quedó quieto.

La cuchara suspendida en el aire. No era la pregunta. Era el tono. Era la certeza con la que lo había dicho. Ya definitivamente no comió ni la primera cucharada.

El estómago se le cerró de golpe. Pagó sin probar bocado, salió a paso rápido, y en el camino de regreso a la base, una frase le martillaba en la cabeza:

"Ya están aquí."

No necesitó más confirmación. Los guerrilleros lo sabían. Y eso solo significaba una cosa:

Martín y los niños... aún no estaban a salvo.

Los niños fueron llevados a una sala improvisada con paredes de concreto despintado después del descanso, bancas de madera y una mesa metálica bajo un bombillo tembloroso. Un ventilador de piso giraba lento, sin fuerza.

Había dos militares uniformados, un oficial detrás de una carpeta, y el mismo enfermero joven que los había atendido antes, en la esquina, cruzado de brazos, sin decir nada.

El primero en entrar fue Julián. Se sentó, pero no habló. Tenía los ojos abiertos como platos, pero no miraba a nadie. Le hicieron cinco preguntas. No respondió ninguna. Solo se mecía levemente hacia adelante y hacia atrás.

—¿Sabes cómo se llama el lugar donde estabas? —preguntó el oficial, con voz seca.

Silencio.

—¿Cuántos adultos había contigo?

Nada.

—¿Te amenazaron?
—¿Sabes por qué estás aquí?

Nada. Lo sacaron.

Mateo entró. Apenas vio la mesa, rompió en llanto. Se cubrió el rostro con las manos, y aunque intentaron calmarlo, no dijo palabra. Ni una. Solo lágrimas.

Después, Elizabeth. La mayor. La única que intentó hablar.

—¿Sabes en qué zona estaban?
—No muy lejos... había río... selva... una casa vieja —murmuró.
—¿Cuántos niños había contigo?

—Muchos... pero... no sé cuántos... algunos estaban... mal.
—¿Quién los cuidaba?

Elizabeth bajó la mirada.

—Unos hombres... pero uno... uno de ellos nos ayudó.
—¿Cómo se llamaba?

Ella dudó.

—No... no sé. Lo llamaban de muchas formas. Pero no era como los otros.
—¿Qué hacía diferente?
—No pegaba.... daba comida a escondidas... curaba a los niños.

El oficial anotó.

Y entonces entró Martín. Se sentó firme. Tenía el rostro endurecido por el frío, el miedo... y la rabia.

—¿Nombre completo?

—Dani —respondió, sin levantar la cabeza.

—¿Solo Dani?

—Es lo que me decían.

—¿Dónde estaban?

Martín tragó saliva.

—En el monte.

—¿Qué monte?

—No sé.

—¿Cuántos guerrilleros?

—No sé.

—¿Sabes por qué estás aquí?

Martín levantó la cabeza. Los ojos oscuros. La voz apenas audible.

—Sí.

—¿Entonces por qué no hablas?

Martín miró hacia el rincón, donde un soldado —el mismo que los había observado durante el baño— estaba recostado contra la pared, con los brazos cruzados.

No decía nada. No se movía. Solo los miraba.

—Porque si hablo... me matan. A mí. O a los otros.
El oficial abrió los labios, pero no dijo nada. Solo lo anotó.

Martín respiraba hondo. Sus manos sobre la mesa estaban cerradas en puños.

El enfermero dio un paso al frente.

—Con todo respeto, señor —dijo al oficial—, este niño no está en condiciones de declarar nada más. Ni física ni emocionalmente.

El comandante de base, que había entrado al fondo en ese momento, levantó la mano.

—Listo por hoy. Que descansen.

Los niños fueron llevados a otra sala con colchonetas. Allí se acostaron, uno a uno. Mateo aún sollozaba en sueños. Elizabeth acariciaba su espalda. Julián dormía encogido como un animal herido.

Martín... no dormía. Solo miraba al techo. Como si pudiera ver más allá del concreto. Como si escuchara aún el eco de la selva. Como si Burbuja aún respirara cerca.

Afuera, Pepe esperaba. Sentado en una silla de hierro, frente a una pared sin ventanas. Le habían ofrecido café. No lo aceptó.

Un sargento se le acercó.

—¿Algo más que quiera decir?

Pepe negó con la cabeza.

—Entonces váyase a su casa y descanse, alguna cosa le avisamos.

—No. ¿Y los niños?

—¿Los niños qué?

—No, solo que, si algo les pasa a esos niños, aquí o en el infierno... me voy con ustedes.

El sargento se alejó, y Pepe salió mirando de lejos a los niños. Con ese taco que siempre había sentido en la garganta.

Desde la esquina del dormitorio improvisado, el soldado silencioso volvió a aparecer. No habló. No se acercó. Solo miraba a Martín. A los demás. Luego, desapareció por un pasillo.

En su litera, guardado, tenía un pequeño radio de telecomunicaciones. Aún no lo había tocado. Porque sus oídos aún no lo habían escuchado todo.

Un par de horas después, en la misma sala, en la misma mesa de metal sentaron a Pepe.

Solo él, el oficial que había interrogado a los niños, y otro soldado que tomaba nota de nuevo.

La puerta quedó entreabierta.

Muy cerca del marco, en silencio absoluto, el mismo soldado que había vigilado a los niños se recostaba con aparente desgano... escuchando todo.

—Nombre completo —ordenó el oficial.

—José Luis Pérez García. Pero todos me dicen Pepe.

—¿Usted sabía del escape?

—Sabía que algo no andaba bien... que algo iba a pasar.

—¿Por qué?

—Porque esa noche... antes de que se fueran, Burbuja me llamó aparte.

Me lo dijo como si supiera que no volvería.

—¿Y qué le dijo?

—Que si algo salía mal... que si no podían... yo debía ir a buscar a los niños a la casa vieja.
—¿Qué casa vieja?

Pepe suspiró. Miró al suelo.

—Una construcción abandonada. Madera podrida. A media loma del Ceibón, entre el caño Muerto y el trapiche viejo. La usaban como escondite. A dos o más kilómetros abajo fue donde los recogí.
—¿Dónde queda ese lugar exactamente?

Pepe levantó la mirada.

—Al sur de la cordillera. Está todavía en los linderos de la Vereda La Ceiba, pero más profundo.
—¿Distancia desde aquí del puesto militar?
—Unos quince kilómetros monte arriba. Si no llueve.
—¿Y el campamento? ¿Dónde está?

Pepe dudó. Tragó saliva.

—Burbuja me lo dijo por si no regresaba.

—¿Y a todas estas quién es Burbuja?

—El que los ayudó. Un desertor. Un fantasma. Un ángel.

—¿Y dónde está el campamento?

Pepe respiró hondo.

—Está en el filo Las Trincheras. No tiene nombre, pero hay una malla electrificada, un campo de entrenamiento con dianas de madera, y carpas hacia el sur. Cerca hay una planta eléctrica, las jaulas donde tienen secuestrados los demás niños.

—¿Qué más sabe?

—Que celebraban un cumpleaños esa noche. Que estarían distraídos. Que el escape no era improvisado.

El oficial paró de escribir.

—¿Qué cumpleaños?

—El de un comandante. Lo llaman Machete.

—¿Machete?
—Sí. Él manda ahí. O eso entendí.

El oficial cerró la carpeta.

—¿Algo más?

Pepe se inclinó hacia adelante.

—Sí. Que, si ustedes no actúan ya, los niños que quedaron allá... no van a durar mucho.
—¿Y usted cómo sabe que dice la verdad?
Pepe se le quedó viendo con una rabia lenta.
—Porque me ha tocado cargar cuerpos envueltos en cobijas por kilómetros desde el monte. Porque he ayudado a enterrar a niños sin nombre, con familias enteras destruidas. Y porque si no fuera verdad... yo estaría durmiendo. Y no hablando con usted. Contándole lo que sé.

Con toda prisa el comandante alzó el teléfono satelital.

Marcó al batallón principal. Su voz era grave, decidida.

—Solicito luz verde para la misión de rescate. Sector sur de la cordillera. Coordenadas aproximadas por confirmar. Hora estimada: 05:00 a.m.

La orden se selló.

El silencio de la noche volvió a cubrirlo todo. Y mientras tanto... en alguna parte del campamento, una señal aún no había sido enviada.

Pero los ojos que la enviarían... ya estaban despiertos. Detrás de la puerta, sin que nadie lo notara, el soldado misterioso ya había memorizado todo.

El nombre del comandante del que se habló. La ubicación. Las carpas al sur. La planta eléctrica. La vereda. La distancia.

Todo. Todo estaba confirmado.

Cuando se retiró, nadie se dio cuenta. Esa misma noche, mientras los niños dormían, él entró a la litera. Sacó el radio. Lo encendió. Se llevó el transmisor a la boca. Y con una voz suave y fría como la madrugada, dijo:

—Confirmado. Van para allá. 05:00 a.m.

Miró a su alrededor.

—Repito. Van para allá. 05:00 a.m. Urgente.

La señal cruzó el aire. Y con ella... la guerra volvía a empezar.

Capítulo 33
Demasiado tarde

5:04 a. m.

El zumbido de los helicópteros cortaba el cielo como navajas afiladas. En tierra, los camiones militares ya estaban desplegados. Los soldados, con la cara mojada de neblina, recibían las últimas instrucciones en formación cerrada.

—Objetivo confirmado: campamento guerrillero. Coordenadas 4°7'2"N, 74°3'15"W. Línea sur de La Ceiba —anunció el coronel Ricardo Latorre, comandante del operativo.

—Civiles involucrados. Prioridad: menores de edad —añadió el teniente coronel Andrés Carreño, jefe de inteligencia, sin levantar la vista del mapa.
—No queremos mártires. Queremos respuestas. Si alguien abre fuego, responde. Si no, lo inmoviliza.
—El coronel marcó con rojo la ubicación exacta. Su pulso no tembló. Su mirada, tampoco.

Una lluvia finísima empezó a caer como un mal presagio.

—¿Estamos claros?
—¡CLAROS, MI CORONEL! —rugieron al unísono los hombres del Batallón de Infantería No. 3 "Colombia", perteneciente a la FUDRA No. 3.

El convoy se puso en marcha. Camuflados mojados, botas hundidas en barro, fusiles tensos.

La selva aún dormía... pero nadie más lo hacía. Pepe estaba sentado en la sala de espera de la base. Tenía un café frío entre las manos.

La misma ropa del día anterior. La gorra torcida. La mirada quebrada.

Nadie le había vuelto a hablar desde el interrogatorio. Solo un soldado lo observaba a distancia.

Desde ahí, vio pasar al coronel Latorre con paso apurado. Lo vio tomar un teléfono satelital. Escuchó fragmentos de la conversación.

—Sí… ya van de camino.
—Confiamos en que aún estén ahí.
—Tenemos información sensible.
—En cuanto tengamos algo, lo comunicamos.

Unos metros atrás, un soldado parecía escuchar con más atención que los demás. No hablaba. No se movía. Solo parpadeaba poco. Luego, como si nada, caminó hasta los dormitorios. Entró a su litera.

Y en el rincón más bajo de su colchón, bajo una costura mal hecha... un radio de largo alcance esperaba.

Cargado. Silencioso. Letal.

5:38 a. m.

El helicóptero descendió tres kilómetros antes del punto objetivo.

El escuadrón tocó tierra con sigilo. Avanzaban en formación en V, fusiles arriba, pupilas afiladas como cuchillos.

Martín no estaba con ellos. Él... ya no estaba ahí.

El campamento apareció entre la bruma. Desordenado. Deshabitado. Vacío.

—¿Movimiento? —preguntó Latorre, apuntando con sus binoculares.

El sargento Javier Ríos inspeccionó con mirada quirúrgica.

—Nada. Ni una sombra.

El escuadrón irrumpió.

—¡Limpio!
—¡Cambuche vacío!
—Nada en el armerillo.
—¡Papel mojado, restos de comida, lodo fresco!
—¡Cuerda colgando del árbol!
—¡Casas improvisadas recién abandonadas!
—¡Un colchón aún tibio!
—¡Mi coronel!

Latorre se acercó.

—¿Qué encontró?

El soldado levantó la mano.

En los dedos, un casquillo sin disparar... y una gorrita infantil empapada en barro.

Silencio.

El coronel apretó la mandíbula.

—Llegamos tarde —susurró. Y nadie respondió.

Una hora después...

En la base militar, el aire era espeso.

Martín estaba sentado contra la pared, con la espalda recta, los codos en las rodillas, la mirada clavada en el piso. A su lado, Pepe, con los brazos cruzados y la mandíbula tensa.

Entonces se escucharon las hélices. El helicóptero del coronel Ricardo Latorre aterrizó en medio del polvo y la brisa fría del amanecer.

Bajó sin hablar. El uniforme empapado. El rostro endurecido por la rabia de haber llegado tarde. Cruzó el corredor flanqueado por dos soldados. Entró a la sala. Lo primero que hizo fue mirar a Martín. Se agachó. No lo miró desde arriba. Se puso a su altura.

—Martín...

El niño levantó los ojos. Secos. Oscuros. Cargados con un peso que ningún adulto podría soportar sin doblarse.

—No encontramos a nadie —dijo Latorre, con voz grave.... —Lo siento, hijo... lo siento de verdad.

Martín no parpadeó. No tembló. Solo bajó la cabeza.

—Ya se habían ido... —murmuró.
—Sí. Alguien los alertó. Minutos antes, horas antes de que llegáramos. No lo sé.

Silencio.

—Tal vez... si hubiéramos sido más rápidos...

—No —interrumpió Martín, en un susurro—. A esos niños no los cuidaba nadie...

El coronel lo observó unos segundos más. Como si buscara algo más allá de las palabras.

—¿Quieres sentarte un momento?

Martín no respondió. Se puso de pie lentamente y caminó hacia su silla contra la pared. Se sentó de nuevo. Tocó su muñeca derecha. Ahí estaba la piedra redonda que su padre le había dejado y que lo cuidaba.

Pepe lo miraba desde el otro extremo del cuarto. No hablaba. Pero dentro de él, una certeza ardía como hierro:

"Ese niño no podía quedarse ahí."

Ahí tampoco estaba a salvo. Tendría que hacer algo como fuera para sacarlo.

Capítulo 34
La última puerta

La base estaba en silencio. Pero Martín no.

Sentado en el rincón más oscuro del dormitorio, con las rodillas contra el pecho y la cabeza agachada, se balanceaba apenas. No hablaba. No lloraba. Solo respiraba hondo, como si el aire también pesara.

No había consuelo. Porque en su mundo, ya no quedaba nada que consolar.

Desde la puerta, Pepe lo observaba.

Apoyado en el marco, con las manos en los bolsillos y la furia seca, en la garganta.

Furia por todo. Por el fracaso. Por los milicos que con sus carpetas y radios habían convertido su lucha en trámite. Por ese niño que se encogía como un bulto de silencio. Por esa puta guerra que se tragaba hasta lo que apenas estaba empezando a vivir.

Martín levantó la cabeza. Los ojos vacíos. La manilla con la piedra amarilla, aún en su muñeca derecha. Como si fuera lo único que no se podía romper.

—¿Y ahora qué? —susurró, sin mirar a nadie—. No los salvé. No cumplí. Y ahora ni siquiera puedo volver.

Pepe se acercó. Le apoyó la mano en el hombro con la suavidad de quien ya no tiene palabras.

—No fue culpa tuya, Dani. Todo estaba en contra.

Martín negó con la cabeza.

Miró de reojo hacia la caneca de basura, donde sobresalía un trozo de papel sucio, arrugado entre la ropa vieja que les habían quitado la noche anterior.

Se levantó. Lo sacó. Era la nota. La nota que Burbuja le había entregado. La desplegó con los dedos temblorosos. La letra era torpe. Temblorosa. Como escrita con sangre o con miedo.

"Tu hermano está en el Frente 19. Pregunta por Rojo"

Martín la leyó. Dos veces. Tres. Y en la cuarta, algo se encendió por dentro. Ya no era solo el dolor. Era decisión. Era destino.

—¡Coronel Latorre! —gritó Pepe entrando al puesto de mando como un vendaval—. ¡Necesito hablar con usted!

El coronel lo miró sin levantarse.

—¿Qué pasa ahora?

—Ese niño no puede quedarse aquí.

—Ya vienen del ICBF, señor. Se hará lo que corresponda.

—¡No! —Pepe golpeó la mesa con la palma abierta—. ¡Usted no entiende lo que ha vivido ese niño!

—¿Qué cree que no entiendo?

—Le mataron a la mamá. Lo raptaron. Lo usaron como oreja. Perdió a su hermano. La única persona que lo protegía murió defendiéndolo. ¿Y ahora va a entregarlo como si fuera un papel más?

Latorre lo miró, endurecido. Pepe no bajó la voz.

—¿Sabe quién era doña Ana? Su única familia. ¡Murió buscándolo! El niño aún no lo sabe... —Pepe se tragó las lágrimas como si fueran cuchillas. —Ese niño no es un caso. ¡Es un sobreviviente! Y si se queda aquí... lo bajan.

Latorre apretó los labios. Se frotó el rostro. Miró el mapa clavado en la pared. El reloj marcaba las 21:42.

—Cambio de guardia a las 22:00 horas —dijo al fin—. Tendrán menos de cinco minutos para moverse. Después de eso, no podré hacer nada más.

Pepe asintió.

—No necesito más. Solo eso.

A las 21:58, Pepe apareció en la entrada del dormitorio. Martín ya estaba de pie. La mochila al hombro. La piedra brillante bajo la manga arremangada. La nota en el bolsillo.

—¿Listo? —preguntó Pepe.

Martín asintió.

—¿Y los otros?

—No puedo sacarlos, Dani. Es imposible. Pero tú puedes cambiar algo. Tú puedes buscar lo que falta.

Martín bajó la mirada. Y cuando la alzó de nuevo, tenía los ojos de quien ya sobrevivió a lo imposible.

—Entonces vámonos.

Cruzaron entre las sombras, por detrás de los edificios de almacenamiento. Nadie los vio. Nadie sospechó.

El portón trasero estaba sin seguro, flojo desde hacía una hora gracias a una cuerda atada al poste de luz. La luna no los delató. La lluvia se había ido.

Pepe lo guió directo a la camioneta: la vieja pickup roja, que había dejado 500 metros afuera, por el camino viejo.

Vidrios empañados por la humedad.

El motor encendido en silencio. Subieron. Arrancaron. Martín no habló en todo el trayecto. Solo abrazaba su mochila. Miraba por la ventana, como si la noche también pudiera tragárselo. Minutos después llegaron a una casa vieja, de madera húmeda, sin vecinos.

Pepe frenó.

—Baja. Espérame aquí.

Martín asintió. No preguntó nada.

Pepe entró a la casa, cruzó la sala sin encender luces, y fue hasta el fondo. Abrió el ropero. Sacó la escopeta. La desempolvó. La cargó. Mientras echaba llave a la puerta trasera, murmuró:

—Aquí tampoco estás a salvo, Martín.

Martín cerró los ojos, apoyado contra el vidrio de la camioneta.

No dormía. Solo escuchaba el silencio y el rugir cercano del motor. Sentía el vapor caliente en sus pies y la piedra amarilla con sus dedos.

Martín sabía que...

... La odisea apenas comenzaba. No tenía idea por ahora a que se tendría que enfrentar luego.

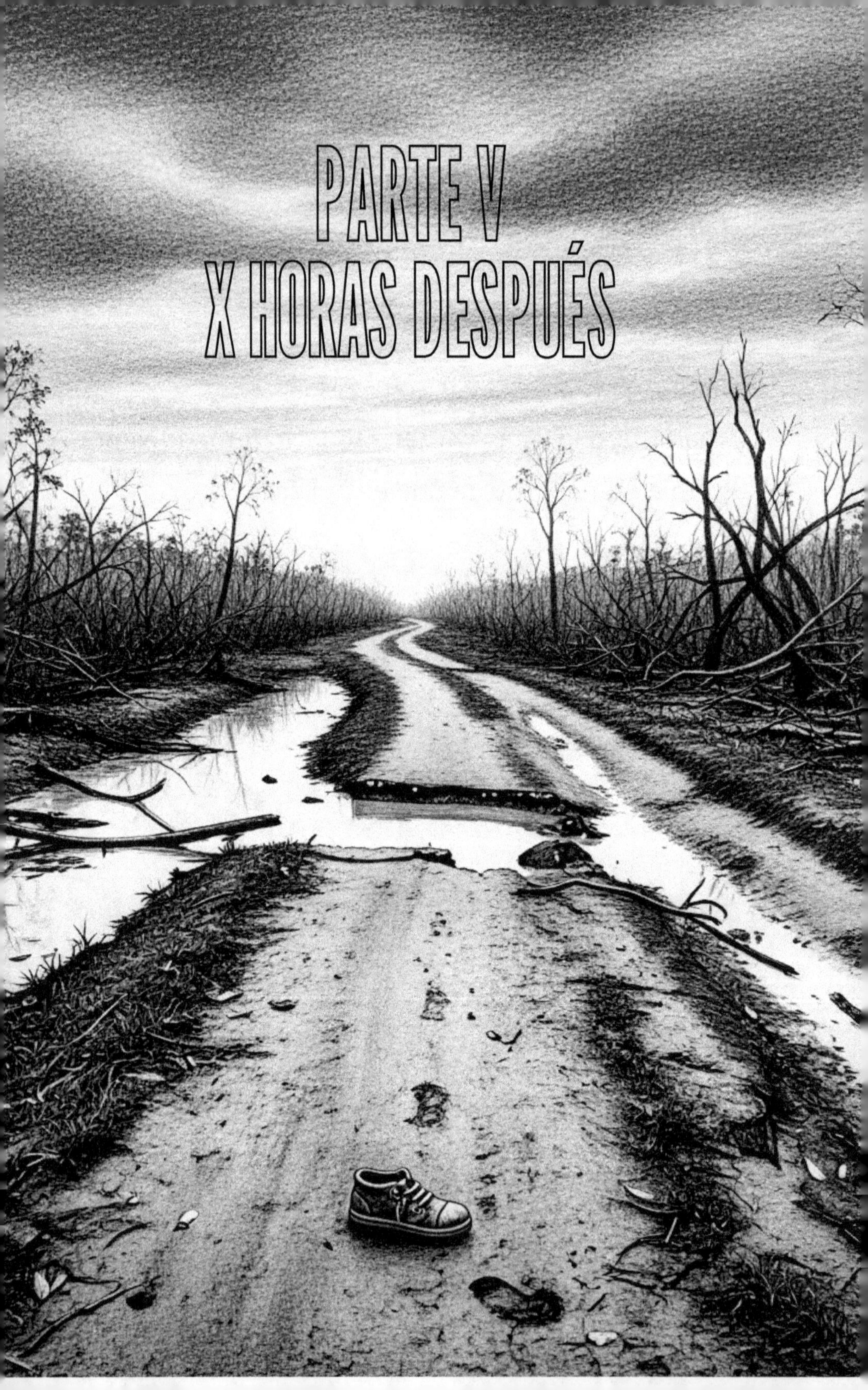
PARTE V
X HORAS DESPUÉS

Capítulo 35
Nadie lo vio marcharse

Dos disparos.

Cercanos.

Secos.

Ahogados por el monte.

Martín no volteó. No se estremeció. Solo cerró los ojos un segundo. Respiró. Y siguió caminando.

El cielo era de ceniza.

Ni azul, ni gris. Solo una franja sucia sobre la selva espesa.

La carretera de tierra, rota y angosta, serpenteaba como una herida abierta. Y ahí, entre charcos dormidos y ramas caídas... caminaba Martín.

Lento.

Con apuro.

Sin nadie.

Tenía la cara golpeada.

Un hematoma morado en el pómulo derecho. El labio inferior partido. La respiración entrecortada.

Y en los pies... solo una bota. La del pie derecho. El izquierdo iba desnudo, cubierto de barro y sangre seca. Cojeaba, pero no se detenía.

Cargaba su mochila como si dentro llevara algo más pesado que ropa.

Y en su brazo derecho, bien ceñida, brillaba entre la mugre, la manilla con su piedra preciosa. Su único tesoro. Su único talismán.

Cada tanto, mientras caminaba, la tocaba. No como quien se asegura de que está ahí. Sino como quien necesita recordarse que sigue vivo, que su mirada tiene que ser hacia el frente y nunca hacia atrás.

La selva a lado y lado callaba.

Solo el canto lejano de un ave o el crujido invisible de algún árbol, mientras la cámara imaginaria se alejaba. Él se hacía más pequeño en medio del camino. Como si la selva lo fuera tragando. Como si el mundo estuviera dispuesto a olvidarlo...

Como si ya hubiese sido olvidado.

GLOSARIO

Aguapanela / Aguapanelita:
Bebida tradicional hecha al disolver panela en agua caliente. Es fuente de energía económica y muy común en zonas rurales.

Ale
Interjección coloquial usada como forma abreviada de "dale" o "vale". Se emplea para expresar acuerdo, aprobación o para animar a alguien a continuar.

Armerillo:
Pequeño depósito o mueble improvisado donde se guardan armas, generalmente en campamentos guerrilleros.

Arrume:
Montón o pila de objetos colocados sin orden. En zonas rurales y en contextos guerrilleros, suele referirse a acumulaciones improvisadas de leña, ropa, herramientas, cajas o provisiones, típicas de los campamentos donde el orden es precario y los recursos se apilan como se puede.

Berriondera:

Expresión coloquial para referirse a algo sorprendente, intenso o muy difícil de creer. En tono vulgar puede expresar molestia o admiración.

Bochorno:

Calor fuerte y sofocante, característico de climas tropicales húmedos; también puede referirse a vergüenza, según el contexto.

Buzo:

En Colombia, sudadera o suéter cerrado o con capucha. Prenda usada comúnmente en el campo y en campamentos.

Cachacos:

Término regional que designa a personas de Bogotá o de zonas urbanas consideradas "finas"; en contexto guerrillero, a veces usado de forma despectiva para referirse a soldados o gente de la ciudad.

Cambuches:

Viviendas improvisadas hechas con plástico, palos y tela. Son típicas en campamentos guerrilleros o asentamientos informales.

Canecas:

Recipientes grandes de plástico o metal usados para almacenar agua, gasolina, comida o basura.

Carechimbas:

Insulto vulgar para referirse a personas despreciables o enemigas. Muy usado en ambientes hostiles o violentos.

Catre:

Cama portátil, plegable o rudimentaria utilizada en campamentos, cuarteles o zonas rurales.

Chandosos:

Término coloquial usado en algunas regiones de Colombia para referirse a perros callejeros, sucios o descuidados, generalmente mestizos y sin dueño. En contextos rurales o guerrilleros, puede emplearse para describir perros usados como compañía o vigilancia improvisada en campamentos, casi siempre sin entrenamiento ni cuidados formales.

Chivero:
En algunas regiones, conductor de vehículo de transporte pequeño o informal; puede referirse también, a quien conduce motocicletas de carga o vehículos livianos en zonas rurales.

Chino:
En Colombia significa niño o muchacho. No tiene relación con nacionalidades.

Chulos:
En el contexto rural colombiano, especialmente en zonas afectadas por la violencia, se refiere a los zopilotes o gallinazos (aves carroñeras) que rondan lugares donde hay muerte o peligro. También se usa para describir a personas oportunistas,

pero en narrativas del conflicto suele significar literalmente las aves.

Coquita:

Pequeña porción de cocaína o de hoja de coca mascada; en algunas zonas, puede referirse a una ración mínima para mantenerse despierto o aliviar el cansancio. En el contexto de esta novela, "coquita" se refiere a una pequeña vianda o recipiente sencillo con comida, preparada por una anciana para que el niño lleve al trabajo. Es un término usado de forma afectuosa para describir un alimento empacado de manera humilde y casera.

Compinches:

Compañeros cercanos, aliados o socios en acciones (legales o ilegales).

Crispar:

Poner tenso a alguien o generar irritación, incomodidad o nerviosismo. En ambientes hostiles, como zonas de guerra o cautiverio, describe bien la tensión emocional o física que provoca una situación.

Culicagado:

Término coloquial y despectivo para referirse a un niño, muchacho o joven sin experiencia o sin importancia.

Darle piso:

Expresión coloquial muy usada en contextos de violencia en Colombia. Significa matar a alguien, ejecutarlo o "acabarlo", generalmente asociado a grupos armados ilegales.

Estantillo:

Poste, palo o soporte que sostiene un techo, una lona, un cambuche o un cerco.

Guarapo:

Bebida fermentada de caña de azúcar o jugo de caña sin fermentar. En zonas rurales, puede ser una bebida alcohólica ligera o una bebida dulce.

Guacho:

Término coloquial usado en algunas regiones de Colombia para referirse a un niño pequeño, generalmente desaliñado, travieso o callejero, o a alguien de apariencia descuidada. También puede emplearse de forma despectiva para señalar a una persona joven de origen humilde. El significado exacto depende de la zona, pero siempre conserva un matiz popular y rural.

Guerrera:

En este contexto, camisola o chaqueta militar liviana, usada como parte del uniforme en la selva.

Guerrilla:

Grupo armado ilegal con estructura militar que opera principalmente en zonas rurales del país.

Güevón:

Dependiendo del tono, puede ser insulto ("idiota"),

burla ("torpe") o trato cercano entre hombres. En contexto guerrillero, suele ser rudo.

Hijueputa:
Insulto fuerte; puede expresar rabia, sorpresa o intensidad en el habla común.

ICBF:
Instituto Colombiano de Bienestar Familiar. Entidad estatal encargada de proteger a la niñez y la familia; en relatos de secuestro infantil, puede implicar procesos de restitución o protección.

Jeta:
En el habla popular significa cara, especialmente cuando se usa en tono brusco o despectivo. Puede emplearse para referirse a una expresión particular (p. ej., "poner jeta" = hacer mala cara, mostrar disgusto, molestia o terquedad). En contextos rurales o dentro de grupos armados también puede usarse como reprimenda o burla directa hacia alguien por su actitud o expresión facial.

Manes:

Forma coloquial de decir “tipos”, “sujetos”, “personas”. Muy usada en jerga juvenil y popular.

Manilla:

Pulsera; en zonas rurales puede ser de hilo, plástico o elaborada artesanalmente.

Maricadas:

Tonterías, estupideces o cosas sin importancia. En tono vulgar.

Mastines:

En contexto guerrillero, hombres grandes, rudos o fuertes; también puede aludir a perros de vigilancia.

Mijo:

Forma afectuosa o coloquial de decir “mi hijo”, pero usada con personas que no son hijos propios. Muy usual en zonas rurales.

Mover el bote:

Expresión coloquial que significa apresurarse, ponerse en movimiento, "caminar rápido" o "arrancar" para hacer algo. En ciertos contextos puede tener matices jocosos o incluso de fiesta, pero en ambientes guerrilleros suele interpretarse como "muévete" o "ponte en marcha".

Ovillo:

Masa o bola formada cuando algo se enrolla sobre sí mismo. En Colombia puede referirse literalmente a un ovillo de hilo o figuradamente a cuando una persona se encoge o se hace "bolita", sea por miedo, frío o dolor.

Panelita:

Una porción pequeña de panela. También puede referirse a una merienda rápida.

Pelao:

Término coloquial para niño o joven. Similar a "chino".

Poltrona:

Silla o sillón grande y cómodo; a veces usado sarcásticamente, cuando el mueble es viejo o está deteriorado.

Rancho:

En contexto guerrillero o militar, el lugar donde se cocina o se sirve la comida. También puede significar casa humilde o vivienda rural.

Ruana:

Prenda de lana típica de las zonas frías; una especie de poncho grueso que abriga muy bien.

Sobrecarpa:

Cubierta impermeable adicional sobre una carpa para proteger de la lluvia; muy usada en campamentos guerrilleros.

Trocha:

Camino estrecho, destapado, difícil y a menudo usado para movilización clandestina.

Vaina:
Palabra comodín, que puede referirse a cosa, situación, problema o asunto. Depende del contexto.

Volco:
Camión tipo volquete, usado para cargar tierra, piedras o materiales. En zonas rurales es frecuente verlo deteriorado.

Zarzo:
Estructura de madera o caña sobre las vigas donde se almacenan objetos o se seca comida. Muy común en casas rurales.

EPÍLOGO

Crecer no siempre es un viaje.

A veces es una herida que se abre lento.

No todos los niños tienen cumpleaños. Algunos tienen emboscadas. Algunos aprenden a contar disparos antes que a contar estrellas.

Hay quienes maduran entre libros, y hay quienes lo hacen entre fusiles. Martín fue uno de ellos.

El dolor de crecer no está en hacerse grande. Está en todo lo que uno tiene que enterrar en el camino. Y a veces..., cuando el alma se hace adulta antes que el cuerpo, lo único que queda es caminar.

Aunque sea solo. Aunque sea sin una bota. Aunque el mundo no sepa lo que te pasó.

SOBRE EL AUTOR

Jadinson Orley Monsalve Jaramillo (1990) nació en el corregimiento de Santa Rita, en Ituango, Antioquia. Músico, compositor, escritor, y estudiante de producción musical en el (ITM). Ha construido su voz creativa a partir de la realidad cruda que marcó su territorio y su generación.

Su obra explora las profundidades humanas que nacen en contextos de guerra, abandono y resistencia.

Las novelas basadas en hechos reales son su terreno narrativo natural; la poesía libre y emocional, su desahogo; y las canciones con propósito, su forma de decir verdad.

Actualmente reside en Medellín, donde continúa desarrollando su proyecto literario y artístico con todas las bases necesarias para llevar un mensaje que transforme almas en el mundo.

Duele Crecer, su primera novela y el inicio de una trilogía, presenta su sello distintivo: una narrativa visceral, íntima y profundamente humana, construida para conmover al lector y confrontarlo con las heridas invisibles de un país marcado por ciclos eternos de violencia desde la niñez.

OTRAS FORMAS DE CONTACTO

Te invito a que vivas una experiencia expandida de esta novela en el ámbito digital:

- Sígueme en **Instagram y TikTok**, mi usuario es *@piensaafondo* y allí comparto de manera habitual contenido sobre mi trabajo y mi vida como escritor. También me puedes encontrar en **Facebook** como *Jadinson Monsalve.*
- Comparte en tus redes sociales imágenes del libro o extractos de su contenido, usa el hashtag **#duelecrecer** y etiquétame en tus publicaciones.
- Contáctame en cualquier momento. Mi correo electrónico es **jadinsonorley@gmail.com**

www.ingramcontent.com/pod-product-compliance
Lightning Source LLC
LaVergne TN
LVHW020654110826
845149LV00012B/1991

* 9 7 8 6 2 8 0 2 2 7 9 0 0 *